La Montagne aux sabots

DU MÊME AUTEUR

Le Sac à musique, De Borée, 1997

Diffusion : De Borée
53 rue Fernand-Forest, Z.A. de l'Artière, 63540 Romagnat
Achevé d'imprimer en U.E. en février 2004
Dépôt légal 1e trimestre 2004
ISBN 2-84494-103-6

GEORGES REY

LA MONTAGNE AUX SABOTS

De Borée
Terre de poche

Prologue

C'EST UN SABOT DE BAL, une dentelle de bois blond aux veines grisées par cent ans de sommeil. À peine râpé du talon, il n'a dansé qu'une nuit, mais le nez fendu s'est heurté à la pierre. C'est un sabot de femme, on la devine jeune. Dans le creux intérieur, là où le pied demeure tendre, une marque gravée en très léger relief évoque une crosse de fougère, un « J » basculé, un point qui s'interroge. Le signe de Jean le Pauvre lorsqu'il était content de son ouvrage.

Qui se souvient de Jean le Pauvre ?

À la fin du siècle dernier, Vichy la mondaine bâtissait palaces et fortunes sur un air de Strauss. Roanne la laborieuse s'enflait de huit mille métiers à tisser et sept cents cafés, elle peuplait des faubourgs et chantait l'Internationale.

Aux mêmes temps, à mi-distance de ces deux villes, de hautaines tribus vivaient comme elles avaient toujours vécu depuis les Gaulois, dans des maisons au sol de terre battue, éclairées de lampes à huile. Ces montagnards labouraient à l'araire, moissonnaient à la faucille et chantaient des bourrées. Ils ne craignaient que le « touné de Djeu ».

Au point de rencontre des trois vieilles langues, l'oc, l'oïl et le franco-provençal, avec les traces de douze parlers en vingt kilomètres, cette montagne est une pointe du sabot auvergnat plantée dans les rondeurs de la province bourbonnaise.

Accroché aux mille mètres les plus nordiques du Massif central, c'est un très vieux pays de bois et de granit. On a retrouvé dans les tombes de ses champs des morts des signes très étranges d'époques incertaines.

De rustiques pillards en ont fait leur repaire sur les sentiers de guerres sans mémoire. Sur le chemin de Compostelle, les moines ont ouvert des clairières dans les forêts des fées et des ermites, planté des églises romanes et des croix sur les pierres des druides.

La Révolution a raccourci là quelques nobles oubliés, fait fuir les derniers seigneurs claque-dents, mais conservé des curés-paysans à l'abri des granges et des grottes.

Longtemps les choses sont restées simples : les Bois Noirs produisaient le sapin, des légendes et des enfants, les bois de la Madeleine produisaient le hêtre, des légendes et des enfants.

Les plus hauts villages refusaient la fabrication de soldats et ne déclaraient que des filles à l'état-civil. On y chassait le lièvre, l'huissier et le gendarme.

Sur cette terre rare entre neige et rocher, on a mis souvent en commun le pot et la salière, les moulins des scieries et les vaches hautes sur pattes.

Jusqu'aux premières routes, creusées au pic et à la pelle dans le rocher, lentement.

La Montagne cessait d'être une île haute, s'ouvrait au monde, avec cinquante ans de retard sur les campagnes voisines. Elle garda beaucoup de son âme mais commençait à perdre un peu de ses muscles.

Plus tard encore on tailla la voie d'un chemin de fer départemental, toujours au pic et à la pelle et avec un demi-siècle de décalage temporel.

Ses mamelles ont un temps nourri des enfants de la ville, ses tables rustiques des milliers de « petits-paris » orphelins de l'Assistance publique devenant instituteurs parfois, plus souvent commis de ferme ou bûcherons.

Jean était l'un de ces enfants sans origines, sabotier, tailleur d'images il resta pauvre mais loin de la misère.

Car la Montagne doit beaucoup à René, évêque mérovingien. Après avoir assuré le salut des âmes barbares l'homme de Dieu se soucia de leurs pieds, profita de sa retraite pour perfectionner la galoche gauloise et mettre au point le moderne sabot.

Le saint homme n'a jamais déposé de brevet et chacun eut le droit de copier cette bien commode invention, de l'adapter aux besoins de son état, à la mode de son canton.

Autour des Bois Noirs et de la Madeleine, on ne s'en est pas privé. Sur les plus hautes terres les récoltes et les vaches restant toujours maigres, le sabot ménageait le gros du pain. À Saint-Nicolas, plus de deux cents sabotiers creusaient, autant dire tous les hommes en âge de tenir un outil.

Ici, rares étaient les familles où l'on ne trouvait pas au moins une paire de sabotiers. Mais à chacun sa manière. On pouvait saboter toute l'année ou seulement entre deux cultures, au pays ou bien au loin, au village ou dans les bois. On pouvait saboter seul ou avec des compagnons, être patron ou ouvrier, ne dégrossir que de simples ébauches ou ciseler des sabots de fête.

Resté pauvre ou presque à l'aise, on était toujours un peu sabotier de naissance.

Aujourd'hui les hasards de l'histoire ont fait un court moment de ce pays le discret centre géographique d'une Europe en devenir.

Dans les hauts villages ne fume plus qu'une cheminée là où il y en avait dix. Au regard des agités d'une nouvelle fin de siècle cette montagne pourtant belle semble dormir neuf mois de l'année dans ses bois humides.

Ce n'est qu'apparence.

Les hommes des premiers signes et les fées capricieuses, les moines défricheurs et les pillards « saigneurs », les réfractaires et les sabotiers, les tailleurs de planches et les laboureurs de cailloux, les grosses nourrices et les petits orphelins venus des villes sont toujours là, présents dans le granit gris, les bois de hêtres et de sapins. Et pour longtemps car on est bien « ici-amont ».

I

Peur de lion

Décembre 189…

L'ÉPAIS BROUILLARD DU MATIN coupe en deux la bourgade en pente entre vignes et sapins. Côté montagne la vieille église de Renaison et les rues du haut se chauffent au soleil d'hiver, dans les quartiers bas vers la plaine de Roanne et la Loire on ne voit rien à six pas.

Au creux du bourg contre une palissade, au milieu de pans de murs crevés, d'amas de terre et de blocs de pierres écroulées, une petite place s'agrandit de récentes démolitions. Dans la brumaille, tout en haut d'une poutre trouant la ruine un chat gris, immobile, guette.

Le chat les entend depuis longtemps. D'abord une rumeur devenue le grin-la de roues et les taclac de fers très lointains, pâles, étouffés, tout un gémissement de planches et de ferrailles, puis un grincement plus net et des souffles de bêtes lacéraient le brouillard jusqu'à se rapprocher en un fracas d'haleines, de bois et de métal.

Les trois roulottes venues de l'ombre s'arrêtent devant le mur de planches et les chevaux semblent très fatigués.

Sur le bleu délavé de la première carriole des lettres rouge et or écaillées annoncent « La grande ménagerie de la reine Pomaré, son lion de l'Atlas et sa cavalerie ». Le conducteur porte bottes de cuir et moustaches en crocs, malgré le froid il n'est vêtu que d'un pantalon militaire et d'un tricot rayé. Bariolée comme une statue de la Vierge un jour de procession, la petite vieille assise à ses côtés s'entortille de robes et de châles.

Un nain tient les rênes de la seconde roulotte, grise elle sent la paille et la viande rance, des barreaux ferment les deux fenêtres.

Plus banale, aux planches peintes en vert comme n'importe quelle roulotte de bohémiens tresseurs de paniers, la troisième est conduite par un discret vieillard, un vieux ressemblant à n'importe quel pioche-la-terre du canton.

Dans la grisaille de la place les hommes qui s'approchent pour voir ne prêtent pas attention au vieux cocher. Leur attention ils la donnent pour l'instant sans partage aux deux jeunes passagères de la roulotte. L'une est très brune et l'autre très blonde, d'un blond jamais vu, mais sous les châles espagnols largement ouverts leurs corsages s'arrondissent de la même façon à l'appui d'une fenêtre.

Avec quelques verres et autant de bonnes paroles le garde champêtre est embauché pour donner une officielle respectabilité à la parade.

Il traîne la jambe, n'a pas de moustaches mais la belle plaque cuivrée qu'il astique à chaque instant ne laisse aucun doute sur la fonction de l'homme. Précédant le grand botté et les deux filles tambourins aux hanches, le municipal à casquette frappe le tambour aux coins de rues.

« Ce soir grande représentation du cirque particulier de la reine Pomaré, avec ses cavalières intrépides, ses fauves de la lointaine Afrique… »

Le champêtre connaît parfaitement son texte, d'une voix ronde venue du ventre il le débite d'aussi naturelle façon qu'un avis municipal, une ouverture de la chasse ou le ban des vendanges.

Lissant lentement sa moustache entre pouce et index le grand mailloté claque alors du fouet et d'un ton canaille vante :

« … le lion le plus féroce des montagnes de l'Atlas, capturé par moi-même après trois jours de lutte à mains nues… »

Et le tambour roule, ra-ta-ran-ta-ran-ran… avec son tintinnabulant accompagnement de tambourins, couvrant la voix d'un drôle qui inévitablement lance :

« Pour tes trois jours de lutte à mains nues j's'rais plutôt preneur avec les deux fumelles ! »

Le champêtre torche trois goulées, s'essuie de la manche et conclut :

« Un spectacle applaudi à la cour du grand Turc, ovationné à Paris, à Lyon et hier à Roanne. L'entrée est gratuite, mais on pourra montrer sa satisfaction en billets de la République, pièces d'or, avoine et victuailles… Ra-ta-ran. »

La modeste parade continue dans les quartiers de la ville, les écarts de la plaine et de la côte, sans les filles lasses et retournées aux carrioles, mais avec le tambour, le fouet et de fréquentes haltes viticoles.

Tout en haut de la poutre le chat gris se peigne lentement de la patte, bien lisse derrière l'oreille. La place sent le crottin, le choux et la terre humide, un petit vent d'Auvergne y mêle des traces de sève et de moût de raisin.

Soupes avalées et maisons fermées, les curieux patientent sans trop oser s'approcher encore du feu allumé face aux roulottes qui éclaire le bas des ruines. Ils sont plus de cent, hommes, femmes et enfants emmitouflés de sombre, à attendre le spectacle annoncé avec dans la poche quelques pièces de deux et de dix sous et le plus souvent dans un sac des œufs, une volaille réformée ou une bouteille de vin du bas de la Côte, de celui qui a déjà connu un hiver et franchira mal le second.

Ils attendent déjà depuis une bonne demi-heure et déçus commencent à murmurer, à grogner dans le froid.

Le vieux et le nain tentent de les distraire de quelques jongleries, la vieille ondule des hanches et du ventre, mais pièces et victuailles restent au chaud dans leur cachette.

La cavalerie vient en renfort. Taca-hop ! Les filles aux cheveux retenus par un foulard montent deux des tristes juments qui le matin tiraient les roulottes. Hop ! Sans mettre beaucoup plus d'ardeur que dans les brancards les lugubres cavales tournent autour du feu en un cercle parfait mais réduit. Hop !

Toutes nues ou presque aux yeux des villageois (c'est à dire vêtues d'un épais collant rose, d'une jupette à volants dorés et de courtes vestes rembourrées brodées d'arabesques brillantes) les filles à genoux, hop, debout, sautant, envoient de petits saluts, des baisers vers le vide, partagent l'assistance entre le bravo des hommes, la grimace des femmes et le rire des enfants.

De gros garçons imaginent des œillades destinées à eux seuls et tentent de retenir un souffle devenu trop bruyant.

Restée en arrière, coiffée d'un plumet aux couleurs imprécises, la troisième bourrique se cabre lentement à chaque passage.

L'honorable public attend toujours et surtout le lion de l'Atlas. Des pères sentencieux décrivent le fauve vu sur un papier réclame chez l'épicier, une couverture du *Journal illustré*.

Tous attendent de voir « en vrai » et de près — mais pas trop tout de même — le formidable roi des animaux resté dans sa roulotte.

Et avec de plus en plus d'inquiétude la troupe, elle, attend son dompteur.

Il a surgi ! Au bout de la rue, pas faraud, le chasseur de grands fauves arrive, essayant de courir autant que lui permet le pantalon rouge qu'il retient à deux mains. Un grand pan de tricot dépasse vers l'arrière et les fiers crocs de sa moustache tournent à la virgule. Il semble fuir tous les fauves de la jungle, du désert et de la savane réunis, il semble fuir une armée de cannibales.

Il est suivi par le garde champêtre boitant bas, un champêtre sans tambour qui mouline la nuit d'un grand sabre de cavalerie, troue l'ombre de sa voix d'aboyeur en colère.

« J'va t'faire voir, moi, pitaine de mes fesses, cré séquelle, fout ton camp, cré salope… »

La foule noire s'écarte pour faire place à cette nouvelle attraction inespérée mais à son goût, les deux hommes se font face devant le feu au cœur du cercle piétiné par les chevaux.

Œil blanc, teint rouge, le grand moustachu s'applique d'un même mouvement à maintenir son pantalon et à esquiver les moulinets hésitants du sabreur hurlant :

« J'va t'couper la cregniolle et le restant, cré séquelle d'arcandier de caraque. »

Le garde est très fâché. Renaison comprend vaguement que la fidélité de madame la champêtre est en cause.

Le maître des fauves parvient à ceinturer sa taille d'un bout de corde à chevaux, retrouvant une plus grande mobilité. Mais presque aussi mûr que son adversaire et beaucoup moins bien armé, sans même son fouet oublié peut-être au pied du lit, il reste en mauvaise posture.

Cette infériorité risque aussi de devenir numérique, des spectateurs s'avancent sur le semblant de piste.

Pour les beaux yeux des écuyères, quelques gaillards prendraient bien le parti des gens du cirque, l'honneur municipal impose le contraire, haro donc sur le dompteur !

Les choses tournent très mal pour les voyageurs quand le petit vieux a l'idée d'ouvrir la cage du lion et de le tirer de son demi-sommeil d'un bon coup de pied.

On entend alors un épouvantable rugissement.

Le roi des animaux et des montagnes nord-africaines rêvait à son lointain soleil natal, le retour à la froide réalité lui est brutal. Il passe la tête par la porte de la roulotte, secoue sa poussiéreuse crinière clairsemée et rugit sourdement face à la foule en un prodigieux bâillement, tous crocs jaunis dehors.

En moins de temps qu'il n'en faut pour pisser une bouteille de côte, la place se vide, les villageois s'enferment chez eux, les chevaux sont attelés et les carrioles sortent de Renaison.

Elles roulent vers les bois, en direction des Noés et des montagnes de la Madeleine.

Sur la place, il ne reste que les braises d'un feu, un peu de paille et une caisse oubliée dans la fuite.

La neige commence à tomber.

II

Au café de Mélie

JOHANNÈS PIASSOU N'A RIEN VU de l'incident. Il rentre se coucher comme chaque soir à la même heure, celle de la fermeture de l'auberge de la Poste.

Plus jeune le Johannès était sans doute grand, cela date d'avant Badinguet et de bien avant le phylloxéra.

Les années passées à biner et tailler les vignes des autres l'ont laissé plié presque à angle droit à hauteur de la taille. Il a gardé le pas vif mais en marchant regarde plus souvent la terre que les étages.

Quatre ans plus tôt, son épouse lui a fait le dernier bonheur de rejoindre au paradis d'en haut un Seigneur qui occupait déjà tout son temps. Depuis Johannès joue aux cartes sans avoir à se cacher.

Dans cette gigue de rois, dames et valets, sa Joséphine voyait une pratique diabolique, voire impudique. Maintenant qu'elle a définitivement quitté cette vallée de larmes et ces coteaux de vignes, Johannès, après un deuil convenable de quelques semaines, retrouve chaque soir pour une manille éternellement recommencée Bayon le vieleux sabotier, Bertaud le tonnelier et Brunnelin le charron, les inséparables trois-Bé.

Et ce n'était pas trois misérables roulottes, même avec un lion, qui allaient le détourner.

Piassou rentre chez lui. Traversant la place, il voit que la fête est déjà terminée. Et cette caisse oubliée là contre la palissade, elle pourrait servir à ranger des outils.

Pour l'instant, elle ne contient que… quoi ? Quelque chose de noir et bouclé bouge, comme une boule dépassant d'un tas de paille et de chiffons. Il croit entendre miauler une plainte, un chat ? un chien ? Piassou allonge la main.

C'est la tête d'un enfant qui a de bonnes dents.

« Vingt Gu, un petit ! »

C'est bien un petit qui vient de lui mordre la main.

Ou une petite, allez voir entortillé comme c'est. Piassou ne s'y connaît pas vraiment en matière d'enfants. Il n'en a pas vu de près depuis longtemps et n'en a jamais eu.

La caisse est un lit de misère, tout bourré de foin et de chiffons d'où dépasse cette tête brune aux yeux d'une drôle de couleur. Piassou a beau retourner l'emballage et ses idées dans tous les sens, c'est bien un petit, haut comme un tabouret et qui plus est un petit d'homme, même s'il a la peau sombre.

Dire qu'une poule est embarrassée d'un couteau trouvé n'est rien à côté de la perplexité d'un Piassou, seul à dix heures du soir sous la neige et dans la rue tous feux éteints, regardant ce marmot venu d'on ne sait où. Il a peur de le casser.

Que peut-il faire d'autre que l'emporter chez lui, qu'il est lourd, le poser au beau milieu de l'édredon.

Il allume la lampe à pétrole, une belle lampe moderne, l'un des rares luxes de son étroit logement de vigneron sans vigne. Elle éclaire un cadre ovale renversé face contre la table. Johannès le redresse bien d'aplomb contre le mur et regarde longuement le portrait, une Joséphine encore jeune et en costume de fête « guérotypée » un jour de Saint-Vincent. Une mèche de cheveux gris nouée par un ruban est collée sous le verre bombé.

« Qu'est-ce que tu ferais toi ? »

Du feu et la soupe ! Il vient d'y penser. Piassou ajoute un peu de pain dans le pot, découvre les braises, les réveille d'une poignée de sarments.

« Une bonne figolée, ça va rassainir l'air et t'échandir un peu, t'as l'air gelé. »

Piassou goûte la soupe, renonce à la mouiller d'un demi-verre de vin, en porte un grand bol fumant à l'enfant qu'il fait asseoir sur le lit, bien calé dans les plumes. Il approche la cuillère des lèvres du petit.

L'enfant serre les dents, ouvre brusquement la bouche et aspire goulûment un morceau de lard avec le bouillon trop chaud. Il s'étrangle, tousse. Piassou renversant un peu du liquide lui donne une claque dans le dos.

« T'es trop achati. C'est passé par le trou de la prière, c'est rien. »

Dehors la neige tombe encore, un mur blanc devant la fenêtre. Cela peut durer toute la nuit. Demain elle sera à mi-genoux, et là-haut pire encore.

Finalement la becquée se passe bien. Le Piassou est content de lui. Affamé comme un pou de galère, ce moineau a pris la cuillère et torché la gamelle, il apprécie le gras du lard, ne grimace que sur une côte de choux.

« T'es plus viandard qu'herboriste ! »

Sans autre réponse qu'un rot bien sonore, le petit ferme les yeux et s'endort.

« Et t'es pas très causant. »

Piassou retourne sur la place chercher la caisse vide. Il ne faut rien laisser perdre.

Au café de Mélie, on avait le choix de la boisson.

Rouge ou blanc. Et du sintan, uniquement. Pas un seul de ces alcools de fantaisie, Élixir oriental ou Guignolet, pâle Oxygénée ou verte absinthe La Même, qui maintenant s'affichaient en réclame de tôle peinte sur les murs d'en face, l'auberge de la Poste. Quand un client de passage demandait autre chose que le vin des vignes d'ici, la vieille Mélie l'envoyait sans ménagement voir en face.

« On n'est pas à l'auberge ! »

Et de toute façon, été comme hiver, à cinq heures sonnantes, l'inflexible Mélie envoyait tout le monde en face, fermait ses volets. Les jours de fête elle ne les ouvrait pas.

Remplies le matin, les bouteilles s'alignaient comme à la parade sur une table, contre le mur du fond, vers la porte de la cuisine. Avec son tricot, la menue Mélie se posait à côté sur une chaise, toujours la même, un peu dépaillée, le seigle rebiquant sur le devant. Elle n'en bougeait plus. Sur une planche à clous elle nouait la laine, tricotait mitaines et châles pour un lainier fabriquant de Roanne. Un négociant, qui ne fabriquait rien lui-même mais donnait de l'ouvrage à des centaines de paysannes et vieilles femmes de la Côte.

Les clients, toujours les mêmes, venaient aux mêmes heures, se servaient, débarrassaient leur table, rangeaient les chaises. Assise, Mélie encaissait la dépense ou notait la dette sur un calepin à couverture noire.

Ce n'était pas difficile, une croix suffisait en face du nom. Mélie ne vendait qu'à la chopine et elles étaient toutes à vingt centimes, comme au Fourneau économique des ouvriers de Roanne la grande ville. Avec cette différence que chez elle, pour quatre sous, on était certain de boire un vin qui ne venait pas du Midi.

Les clients de Mélie connaissaient les rites. Les autres s'y pliaient. C'était parfois un voyageur de la patache de poste, un peu effrayé de la cohue de l'auberge, qui descendant de voiture avait vu de l'autre côté de la rue, au-dessus d'une porte vitrée, cette simple enseigne « Café » sans nom de propriétaire comme l'aurait pourtant voulu l'usage.

L'homme butait contre la marche, laissait un instant ses yeux s'habituer à la pénombre, tirait une chaise et attendait.

« Il n'est pas là le patron ? »

À l'autre bout de la pièce, sans interrompre son tricot, sans même lever les yeux, Mélie répondait, grognon :

« Si on savait où il est celui-là. »

En fait Jérome Duzelier, époux légitime d'Amélie, vigneron de Saint-Haon, était parti depuis vingt ans. Il avait pris fantaisie d'accompagner ses tonneaux sur le nouveau canal et jusqu'à Bercy pour en tirer un meilleur prix.

Personne ici n'avait depuis entendu parler de lui et de ses tonneaux.

Mais cela l'étranger de passage ne pouvait pas le savoir. Conciliant, il ajoutait :

« Et la patronne ? »

Mélie recomptait encore ses mailles, regardait enfin l'intrus et soupirait :

« C'est pourquoi ?

— Pour boire, pardi.

— Servez-vous. »

La première gorgée bue, s'il était amateur, l'homme ne regrettait pas d'être entré.

« C'est pas de la lavaille ! »

À la seconde lampée il n'était plus tout à fait un étranger.

Des assiettes de faïence peinte, qui ne servent jamais, et des poteries bariolées brillent sur le dressoir de noyer. Dans la salle encore vide flotte une odeur de matin, mêlant le propre, le vin fraîchement tiré, la cire et le café. Au lever du lit, Mélie fille et petite-fille de propriétaire, habituée à ne pas se priver préfère bourgeoisement café et pain blanc à la soupe.

Secouant contre la marche la neige collée à ses sabots, Piassou la surprend.

Il est matinal, tête nue et appuie un très gros paquet sur le banc, contre le mur. Mélie, encore debout, adossée au buffet vérifie de la main le pli de son tablier et la courbe de son chignon.

Elle et Piassou étaient pays. Jeune, le Plié était droit et pas vilain garçon.

« Finis d'entrer. »

Il s'embarrasse, montre son lourd paquet et veut dire quelque chose.

« C'est pour moi ce ballot dans un charri que tu tenais comme un sac d'œufs en plomb ? demande Mélie.

— Peut-être. »

Il fait le geste d'enlever son chapeau et sent qu'il l'a oublié. Il essuie la neige qui fond sur ses cheveux gris et dit :

« Et bien voilà, voilà, hier soir…

— T'as gagné aux cartes ?

— Non… »

Elle le regarde. C'est vrai qu'il n'avait jamais rien gagné le Piassou. Ils avaient chanté le Mai dans les villages. Il dansait bien la Youyette son Johannès, buste bien droit et menton levé, les pouces dans le gilet et claquant du sabot.

Penser à son prénom comme autrefois en le voyant mal rasé dans ses rides, l'imaginer talonnant une bourrée la fait rire.

Gêné, il tente d'expliquer :

« Voilà, hier soir, je rentrais… c'est un petit. »

Ils avaient poussé et joué dans les caves et entre les pas de vignes. Elle portait. beau la charlotte au large ruban rouge froncé et Johannès était gentil, parlait bien, mais il n'avait rien. Rien d'autre que sa serpette et ses sabots, tandis qu'elle en ce temps…

Il a encore une belle voix pour un vieux, mais pourquoi ce matin a-t-il chaussé deux sabots qui ne font pas la paire, un noir tout usé et un autre presque neuf ?

« Un petit quoi ? demande-t-elle enfin.

— Un petit de, un petit de… »

Un peu agacé qu'elle ne l'ait pas compris tout de suite, il la prend par le coude, l'approche du paquet, écarte un peu plus l'étoffe.

« Un petit de personne quoi !

— Un mimi ! »

Elle a vu, fronce le nez. De près, ça ne sent pas très net.

« Il a fait dans sa robe et toi, tu me fais une drôle de cigogne, Piassou. »

Piassou raconte la caisse, la neige, la soupe.

Ils sont quatre maintenant autour du gamin que la vieille essuie avec des torchons à verres. Bertaud et Brunnelin ont rejoint ce café où ils ont leurs habitudes du matin comme ils ont celles du soir à « la Poste ». Bayon ne tardera pas.

Le gamin assis et nu peut avoir trois ans comme quatre, peut-être cinq. Plus ? Moins ? Et maintenant astiqué comme un chaudron de cuivre, il dévore une tranche de pain, prend un certain plaisir à toutes ces attentions.

Mélie le toise du regard.

« Des linges et une robe à Madeleine, ça devrait aller. Bertaud, va voir dans le coffre, sous l'escalier.

— Il faut prévenir le maire.

— Appeler les gendarmes ! »

Les deux gendarmes à cheval de Saint-Haon n'allèrent pas plus loin que le bourg des Noés, ce qui en hiver représente déjà pour eux une petite expédition.

Là, un berger insomniaque a bien cru voir les roulottes sortir du bourg par la route de Vichy, mais plus loin nul témoignage, nulle trace, la neige efface tout.

En ces confins de montagnes et de départements les carrioles avaient pu prendre n'importe quelle direction vers le Haut-Bourbonnais, l'Auvergne, le Forez.

« Ou l'enfer ! » lâche Trancard, le plus vieux.

Autant par conscience réglementaire que pour le coup d'œil, les cavaliers contournent le nouveau barrage de pierres sur la Tache. La construction qui alimente maintenant Roanne en eau plaît au chef Poulet. Pour lui, elle réunit à l'image du progrès une rigoureuse poésie. Ce nouveau lac est parfaitement adopté par la population, la preuve : les désespérés commencent à venir s'y noyer.

Trancard grogne, sa moustache gèle et les chevaux fument. Peu sensible aux discours de son jeune chef, il juge inutile de s'attarder en ces lieux déserts. On ne recherche pas une servante engrossée ou un négociant ruiné, mais trois carrioles de sauvages, peinturlurées comme des réclames, et avec un lion !

À cinq heures sonnées Mélie n'a pas encore accroché ses volets. Le café n'est pas fermé, on s'y bouscule. Il n'est pas question de manille, de souvenirs du temps d'avant ou d'une chopine dégustée en silence, on entoure les pandores.

Képis posés, trempés, ils ont d'abord poliment refusé un café, même avec du lait.

« Ah ! si on nous avait appelé tout de suite ! » reproche Trancard, content tout de même qu'on ne l'ait pas fait.

Piassou baisse un peu plus la tête. Rouge.

« Il doit bien y avoir un mètre de neige là-haut, » dit quelqu'un.

Les gendarmes se brûlent maintenant les lèvres et les doigts sur du vin bouillant relevé par Mélie de poivre et de brisures de sucre.

Sans cet enfant qui maintenant assis sur le carreau de la cuisine joue avec une cuillère et deux bouchons, on pourrait croire que tout le pays a rêvé.

« Nous ferons un rapport, détaillé, il sera transmis à Roanne, Montbrison, au Mayet… à Thiers », affirme le chef Poulet.

Il lance le bras aux quatre coins de la salle, doucement échauffé par la chaleur du Rogeat et celle de son bol.

« Résumons, ces comédiens n'ont pas volé d'enfant, ils en ont oublié un, c'est moins grave. Ils reviendront sans doute le chercher. Attendons.

Et il n'y a pas de plainte contre eux. N'est-ce pas Monsieur Bodut ? »

Le garde jusque-là essayait de se faire oublier, sa plaque de cuivre elle-même se fait discrète, terne. Il triture sa casquette verte à galon clair, en massacre la visière entre ses grosses mains.

« Monsieur Bodut ? » répète le gendarme.

Le garde se redresse, prend son verre, l'engloutit, renversant un peu de vin sur la table et beaucoup sur sa manche, le repose brutalement, vide.

Il enfonce la casquette sur ses oreilles qui se décollent un peu plus, deviennent un peu plus écarlates.

Son regard fait le tour de la salle, très vite.

« Non. »

Il sort brusquement, raide, sans boiter. Un éclat de rire le suit dans la rue.

III

Nom d'un mimi !

JEAN.

Pour la facilité de la conversation et faute de connaître le véritable, Mélie lui a donné ce prénom, le plus anonyme : Jean. Elle manque parfois d'imagination, et ce petit ne sait que répondre « Han, ahan » quand on lui parle, alors pourquoi pas Jean.

Il trotte entre café et rue. Le crâne tondu de frais, bien propre le matin dans sa robe serrée sous les bras par une large ceinture. Le petit du Piassou comme l'appellent encore les clients du café peut maintenant passer pour civilisé, même s'il ne parle pas et a décidément le teint des coureurs de routes ou de certaines tribus montagnardes.

La Claudine Pagnon, voisine romanesque, l'imagina fils de prince des pays chauds enlevé par des bohémiens. Elle trouva prétexte d'un emprunt de café puis d'un conseil de tricot pour mettre fin à une bouderie de plus de six mois, mais fut déçue de ne pas trouver de médaille armoriée au cou de l'enfant, de tatouage mystérieux sur son épaule. Elle presse Mélie de retrouver son linge. Aucun chiffre n'est brodé sur la chemise, et ça c'est contraire à toutes les règles de ses feuilletons.

Le mystère perturbe pendant quelque temps la partie de manille. Vieux garçon un peu bizarre, conteur de diableries et d'ancien temps, Bayon a voyagé avec sa vielle, au moins jusqu'aux forêts de l'Allier. Bayon-je-sais-tout affirme que l'enfant doit être de ce clan des Pions vivant comme hors du monde dans un village adossé à la montagne, au pied du Montoncel. Une vieille légende et une complainte racontaient comment ils avaient brûlé gens d'armes et huissiers dans leur four à pain. Quelques-uns furent pendus sur la place de Moulins et d'autres envoyés aux galères. De tout temps réfractaires à tous les uniformes les Pions se disaient étrangers, descendants des Chamites et venus d'où le soleil se lève. Un soleil qu'ils saluaient au solstice d'été, ce qui ne les avait pas empêché de mettre leurs écus en commun pour bâtir une église bien à eux.

« Des Pions, j'en ai vu comme je vous vois dans une fête à Lavoine, de rudes sauvages. Ce cht'it, il leur simble. »

Mélie estimant que Jean n'avait pas à entendre ce genre de propos l'a déjà envoyé dehors avec un panier en fil de fer égoutter la salade.

« Tiens, prend le scoyou et secoue bien.

– T'es qu'un vieux bichouni, objecte Brunnelin, faisant allusion au célibat endurci du vielleux. T'y connais rin, t'as jamais eu d'mimi, pas plus que d'miya.

– Non, mais des Pions j'en ai vu et ce ch'it avec ses cheveux nês et son air sauvage il leur simble, pareil. »

Bertaud pour ne pas être en reste tient plutôt pour un Chargroh.

On affirmait d'antique origine sarrasine ces paysans naguère contrebandiers, installées près de Châtel-de-Montagne et adorateurs de « Sainte-Quine », une bûche de sapin carbonisée entortillée de guenilles, parodie de vierge noire. Ils descendaient ici en famille, vêtus de haillons comme leur idole, quémandaient du linge, des objets de ménage, apitoyaient les tendres, les naïfs, les craintifs au récit de leurs malheurs. Chaque printemps les voyait revenir avec le récit d'une nouvelle calamité : maladie, grêle, incendie, tout y passait. Le butin chargé dans les paniers de leur âne prenait le chemin du hameau natal. Et chaque été les Chargrohs organisaient dans la Montagne une friperie, la foire de Montmerle d'où ils tiraient assez de bénéfices pour agrandir leur domaine.

Le charron impatient hausse les épaules :

« Cache ton jeu le Bertaud, kesse tu veux qu'un petit des Chargrohs ou des Pions il fasse sur les routes avec des comédiens ? Non, c'est un petit à eux, faut pas chercher plus loin. Reviendront bien le prendre. »

Piassou ne dit rien, cherche Jean du regard, se trompe dans ses cartes, joue un sept en oubliant son dix.

Cette fois Brunnelin qui est son partenaire jette sa poignée sur la table, excédé.

« Ça va plus ! T'as la tête où Piassou ? »

Mais le jeu reprend, on parle d'autre chose, car le Pati entre et Jean le suit.

C'est un homme sans âge, en blouse déguenillée, il va s'installer seul à une table, parle à voix basse avec son verre et sa chopine. On l'appelle Pati à cause du cri qu'il pousse dans les rues une fois par mois :

« O…pati iii. »

Il achetait chiffons, peaux de lapins, petites ferrailles, et chez les vignerons la « gravelle », le tartre des tonneaux. Il pesait avec son « robert » une balance romaine à crochet que l'on soupçonnait truquée à son avantage. Il payait en argent ou en savon, marchandise qu'il ne gaspillait pas et réservait exclusivement à son commerce.

Les enfants le craignaient mais se précipitaient à son passage car Pati qui parcourait les campagnes à pied, avait un énorme chien tirant sa petite voiture de chiffonnier. Un chien au long poil noir, fort comme un âne et doux comme un mouton. Jean joue avec lui sous la table.

Les semaines passent, Jean est toujours là. On lui a fait célébrer en pleine nuit la naissance d'un petit Jésus, attendre un père Janvier porteur d'oranges, et vingt-deux jours plus tard, goûter au partage du bonhomme en gâteau bénit de la Saint-Vincent.

Cette fête du saint patron des vignerons restait pour Mélie la plus importante de toutes. Depuis qu'elle était enfant, cette date marquait le début des mois de taille, elle avait vu son père, puis Jérôme partir pour les vignes l'après-midi du 22 janvier, qu'il neige, qu'il vente ou que le ciel soit beau. Entre le banquet de midi et celui du soir, accompagnés d'un fifre et d'une vielle, les vignerons parcouraient les terres avec pioche mantoise et hotte de fumier. Dans chaque vigne ils creusaient une chave, plantaient une bouture dans ce trou et l'arrosaient de vin.

Dans les rues on portait en cortège un saint Vincent en brioche aux boutons de sucre pouvant peser jusqu'à dix-huit livres. Plus d'une fois sa famille avait reçu en partage la tête du bonhomme car elle devait assurer les frais de la prochaine fête.

Il aurait fallu que Mélie soit bien malade pour ne pas assister à la procession. Cette année un gamin accroché à ses jupes regarde aussi un cortège où l'on parle surtout du temps. « À la Saint-Vincent l'hiver quitte ou reprend, Saint-Vincent clair et beau du vin comme de l'eau. »

Jean est entré dans le quotidien de la rue et du café. Un peu comme un petit chat, il reçoit sa nourriture à heure fixe, somnole près du poêle ou de la fenêtre, part brusquement on ne sait où pour revenir on ne sait quand.

Mélie et Piassou s'y attachent à leur manière mais la première curiosité passée il n'inspire plus qu'une indifférente sympathie dans cet univers de vieilles gens, à condition qu'il ne dérange pas trop l'ordre établi des habitudes et des objets.

À part le garde champêtre qui roule de gros yeux et lui botte les fesses quand personne ne regarde, le gamin n'a pas d'ennemi.

Bodut n'est pas plus méchant que la moyenne, mais ce drôle lui rappelle des choses qu'il voudrait bien éloigner.

Quant aux autorités, elles semblent l'avoir oublié. Il faut dire qu'elles ont bien d'autres préoccupations. Entre Noël et l'an neuf trois maisons ont brûlé dans d'étranges circonstances. Et le pays ne parle plus que de « l'affaire du loup-garou ».

Un vagabond venu du Nord s'attaque aux bergers isolés et aux femmes seules. Il vient de traverser le Bourbonnais, a tué à Busset, manqua de le faire à Charrier. Un marchand de bois n'a sauvé sa vie qu'en perdant sa montre. On l'a vu partout. Là le bruit d'un moulin l'a mis en fuite, ailleurs un chien a senti son odeur. La rumeur dit qu'il tue pour boire le sang de ses victimes.

Témoignages et dénonciations s'empilent dans les mairies. Le sous-préfet s'agite.

Personne ne le sait, mais certains soirs c'est à genoux que Mélie monte l'escalier pour aller se coucher, elle n'a plus la force de passer la chauffaliâ dans les draps qui restent froids. Alors s'occuper d'un enfant… et qu'il la voit peut-être comme ça, même s'il fait semblant de dormir dans son petit lit. Elle doit faire admettre au Johannès que Jean ne peut pas grandir ici.

« Tu comprends, je ne peux pas le garder. C'est pas pour la dépense. Mais je suis vieille, Piassou, tu le sais bien, et tu l'es autant que moi.

— Ça…

— Il a pas l'air malheureux ici mais ce café c'est pas une vie pour un mimi.

— T'as revu les gendarmes ?

— Une ou deux fois, ils sont venus, mais juste pour un canon. Ils ne l'ont pas vu, n'en ont pas parlé. C'est peut-être tant mieux, on va pas le remettre à l'Assistante ce petit. »

À cette idée Piassou se redresse presque.

« Ils l'enfermeraient dans… une maison ! »

Piassou a une peur terrible du simple mot « hospice », le comble de l'horreur. Être derrière des grilles, ne pas pouvoir aller à son gré, même si c'est juste sur le trottoir d'en face, et peut-être finir avec un « bouillon d'onze heures », car il l'a entendu dire, dans ces hôpitaux on n'hésitait pas à se débarrasser par le poison de ceux qui encombrent. Il imagine que pour un enfant c'est la même chose, pire peut-être.

« Ou risqueraient de le placer chez de mauvaises gens, ajouta Mélie, quitte à être placé, vaudrait mieux qu'il soit bien, tu penses pas ? »

Mélie repose la planche à clous où elle noue une pélerine, elle sait bien qu'elle va lui faire de la peine au Piassou bien habitué à ce moineau qu'il a trouvé tombé du nid, mais la décision est prise. Elle dit en regardant vers la porte :

« Ma fille le prendrait bien un moment à Ambierle, avec Madeleine, mais tu connais le gendre, ça ne durerait pas. J'en ai parlé à Gaille le voiturier, il connaît vers Saint-Nicolas des gardeuses de la Montagne qui élèvent des enfants au mois. Il aura le bon air. »

IV

Le patachon

Mélie a décroché l'almanach du facteur pour en pendre un autre au clou. Le sapeur barbu, appuyé sur son fusil à baïonnette cède la place à deux enfants au cerceau. Non que l'on soit à l'an neuf, le printemps ne fait que s'installer, mais c'est sa manière de changer de décor, de parfois marquer un jour pour elle important sans se soucier du millésime. À chaque étrenne elle prend deux ou trois cartons au facteur, les range dans l'armoire avec les anciens, nettoyés de leurs chiures de mouches, et ne les expose qu'au gré de sa fantaisie. C'est peut-être aussi sa façon de tenir à distance ce temps sans vergogne qui vous bouscule, s'obstine bêtement à vouloir toujours couler dans le même sens.

Gaille le voiturier est à l'auberge de la Poste, il ne va pas tarder. Piassou n'a pas dit d'autre mot que son bonjour. Le Plié l'est plus encore qu'à l'habitude, avec un peu trop de sang vers le haut des joues, comme s'il avait mouillé à la goutte sa soupe du matin. Il fixe une écorchure de la table, évite de regarder vers la porte.

Le soleil d'avril va vers son plus haut, passe entre les toits, éclaire le seuil du café. Les deux chevaux de Gaille, attachés à l'anneau, s'énervent d'une mouche. Jean et Madeleine sont assis sur la pierre, chacun d'un côté de la porte, un bol sur les genoux. La blonde Madeleine domine Jean d'une tête d'oison pointu, elle porte la robe à nœud vert dont on l'endimanche chaque jeudi chez l'aïeule. La gamine est fière de ce nœud, mais plus encore de l'encre violette qui tache ses doigts, montrant ainsi à la face du pays qu'elle n'est plus une petite et vient d'entrer dans le monde des grands et du savoir. Elle mange avec des mines, des effets de cuillère, aimerait que Jean l'admire un peu.

« Je seu… Madeleine c'est plus beau que Jean… Avec toi on peut pas jouer, tu sais pas la guigne, tu sais pas la tape, tu sais même pas déquiller. »

Mais il avale sa trempée au lait, nez dans le bol et l'œil vers la rue. Les chevaux lâchent un flot de crottin. Sortant du mur et des limbes de son hiver une petite bête noire trace son chemin dans la poussière vers le tas fumant. Jean l'a vue, la suit du regard et d'un brin de bois.

« Tsi, ha ! »

La trempée oubliée, genoux sur les cailloux, Jean guide l'insecte, de sa brindille lui fait une palissade, une rampe ou bien un pont. Madeleine s'en agace. Le carricou à six pattes avance, carapace luisante, pince conquérante, prêt à affronter la vie. Crac, d'un coup de talon Madeleine l'a réduit en un petit tas gluant.

Les yeux de Jean se mouillent, son nez coule, du bout de sa baguette il gratte la tache brune, comme pour la remettre en route.

« Eh, Jean-Jean, laisse, bah les chtits c'est bon qu'à faire de l'huile pour les rats… Pleure pas. »

Elle l'essuie d'un mouchoir, vert comme le nœud de sa robe, taillé sans doute dans la même pièce de cotonne. La mère ne laisse rien se gâcher.

« Teu veux pas jouer à la messe ? Tu me dirais sainte Mado donnez-nous le soleil, donnez-nous la pleu, mais surtout donnez-nous des sous… »

— Raconte pas de bêtises », dit la Claudine Pagnon venue ramasser le crottin qu'elle tasse avec une pelle dans un panier rond.

La gamine lui tourne le dos en se pinçant le nez, s'accroupit devant Jean, et brusquement lui demande, comme on parle à un grand malade :

« C'est vrai que tu vas partir ? Ma meure elle dit que Mémélie est folle, qu'elle a bien assez à faire sans s'occuper d'un perdu qui sort d'on sait pas où. »

« Tu en es sûr le Gaille, haheum, est-ce que ce sont de bonnes gens ? »

Dans la pénombre du café Piassou retournait sa phrase avec un fond de sintan depuis une bonne dizaine de minutes. Hier Mélie l'avait convaincu, plus personne ne viendrait chercher le mimi. Les bohémiens n'avaient jamais donné le moindre signe de vie. C'est comme s'ils n'avaient jamais existé. Et tout le monde devait les avoir oublié, sauf peut-être Bodut le champêtre, bien malade à ce qu'on disait. Non, Mélie ne pouvait plus garder le petit et on n'allait pas le donner aux autorités. Le monde de Piassou avait beau être limité aux ceps de vignes et aux cartes, calé entre la Loire et les monts du Bourbonnais, il avait entendu parler des bagnes d'enfants. Pas plus tard qu'hier Bayon lui avait même raconté, les cages pour dormir, le travail au fouet, comme s'il avait grandi dedans. Et Bayon avait lu, oui lu, car il savait quand il voulait le bichouni, lu en déchiffrant chaque syllabe l'inquiétant règlement en dix lignes sur les livrets. « *Article 7 de la loi du 23 Décembre 1874. Toute personne qui place un enfant en nourrice, en sevrage ou en garde est tenue d'en faire la déclaration... de remettre à la gardeuse un bulletin contenant un extrait de naissance...* » Il avait conclu, clignant vers Brunnelin, « et ton mimi des papis l'en a pas, alors pour les gendarmes, c'est comme un roulant, pire... »

Les gendarmes, les juges, les vestes noires auraient bien été capables d'y jeter ce petit sans nom et sans papiers. Alors il avait laissé Mélie et le Gaille parler de leurs affaires.

Les mois de nourrice pouvaient aller jusqu'à quarante francs, on payait trente francs dans les environs de Roanne. Dans la Montagne, côté Forez et jusqu'à Saint-Nicolas c'était moins cher, de dix-huit à vingt-cinq. On traitait à vingt la plupart du temps. Plus éloignée encore, une Eugénie élevait des orphelins et abandonnés que l'Assistance publique des départements voisins envoyait dans la Montagne, elle prenait aussi des enfants des fabriques en se contentant de quinze francs. Un tisseur en gagnait moins de quatre dans une bonne journée. Pour le bulletin, on verrait plus tard...

Piassou évitait de regarder vers la porte, il avait laissé dire tout cela sans s'en mêler. Mais plus la conversation devenait précise plus il sentait comme une chique sèche grossir dans sa gorge.

Il répète :

« … de bonnes gens ? Pas de mauvais… »

Mélie a un geste las :

« Puisqu'il a dit. »

Gaille s'en amuse, chapeau rond relevé sur le haut du crâne, le grand charretier barbu retrousse les manches de sa blouse :

« Porte pas peine le grand, là-haut les mimis sont pas malheuroux. »

Rouge, héroïque, Piassou insiste :

« Tu les connais de quand ? »

Mélie hausse les épaules :

« Le Gaille, il connaît tout le monde… »

Patachon de profession, le Grand Gaille assurait le transport de la poste et le service de voiture publique du Mayet-de-Montagne pour la maison Fradin.

Parti dans la nuit de Lapalisse, il arrivait au Mayet à l'aube puis repartait en sens inverse au milieu de la soirée. Été comme hiver, ses deux chevaux habitués au trajet bravaient verglas, neige ou chaleur. Gaille avait ses haltes, auberges attitrées ou maisons amies.

Connaissant tout le monde à cinquante kilomètres à la ronde aussi bien à la ville que dans les bois, toujours avec une histoire — vraie ou fausse — à raconter pourvu que l'on fasse mine de l'écouter il mêlait un français de môssieu et les parlers de tous les villages.

Par lui partaient du Mayet lettres et paquets, arrivaient les nouvelles du monde, quelques journaux et de rares voyageurs du P.L.M. pris en gare de Lapalisse.

Il aimait cette vie pour le mouvement, pour voir d'autres horizons que le bout du même champ ou de la même rue.

Entre ses deux trajets réguliers, il n'était pas homme à sommeiller devant les bacs à fleurs de son terminus. Ses chevaux de poste à l'avoine, il en attelait deux autres pour des courses à la demande. Surtout, lorsqu'il le pouvait, il comblait ses heures perdues et arrondissait ses petites économies par des voyages à Ambierle ou Renaison, rapportait deux ou trois tonneaux de vin de la Côte qui échappaient ainsi aux multiples taxes de sortie, de transport et d'entrée inventées par l'État persécuteur du libre commerce et de l'humanité assoiffée. Sous le siège voyageait un bidon de chimie mijotée en Forez, du côté de Perreux, pour un discret fabricant d'allumettes montagnard ignoré de la Règie mais bien connu des ménagères.

Gaille s'est penché vers Piassou, avec ce sourire entre bonheur et moquerie qui lui vient lorsqu'une histoire à raconter se présente.

« Lui, le Cadet, je le connais depuis qu'il était petit et que moi j'étais pas bien grand. Plus brave, il n'y a pas. Elle, la Génie, c'est une Morin, une famille qui manque pas. Le grand-père a descendu de son nid d'ajasse, tout en haut à Lanarce, pour aller faire le chtit commis en bas à Saint-Ciamint. Cré nom, Dieu sait comment il a fait, mais il a marié une fille de son patron et à sa mort tenait un peu de terre à lui vé la Besbre. Au temps du Pouléon, le dernier, le barbe à bique, les Morin ont continué à mettre de côté, à s'agrandir quand des bourgeois vendaient. On a dit qu'avaient trouva un pot plein d'or dans les piarres de Beauchêne, mais moi ce que je sais c'est qu'eux y pouvaient faire du froment pus qu'y en mangeaient. Ils vendaient ce qu'ils voulaient. Son aîné, le Guste, le père à la Génie a bien su faire profiter son domaine… Ils ont leur pain cuit aujourd'hui.

– Et ta Génie si riche pourquoi elle fait la gardeuse ? doute Mélie.

– Attends, y a eu disons, une histouère d'amou, j'ai bien connu parce que c'est moi qui ait fait le manderon avant les noces pour le Cadet… »

Il s'interrompt, Madeleine s'est approchée sans bruit de la table, elle écoute. Mélie l'a vue, lui demande, agacée :

« Qu'est-ce que tu veux ?

– J'eu… j'eu mala au ventre…

– Alors va au petou. Toi continue, Gaille.

– Les Morin donc, ils ont de quoi, mais maintenant il n'y en a plus qu'un. Et un peu bredin à sa façon en devenant vieux, le Guste, le père à la Génie. Le père Guste n'a jamais pu avoir de gars. Juste une gâte, qu'il a appelée Eugénie. Faut dire qu'il a toujours eu des idées pour les empereurs, enfin chacun les siennes. Sa Génie avait toujours de belles besugnes sur le dos la chtite, et une belle figure bien ronde, bien rose. Mais l'Auguste l'avait aussi une chanebière. L'en était fier de son carré à chanvre, presque autant que de sa fille. Ah, si l'avait su ! En ce temps dont je te parle chez nous tout le monde faisait son cherba, pour les chemises, les draps… Ça grattait au début mais ça s'usait pas…

– Je sais, je sais, s'impatiente Mélie.

– Attends, son carré l'avait à peine trois arpents, mais il lui gardait le meilleur, il avait des commis pour ses terres mais là il laissait personne d'autre désherber, sarcler, éclaircir. Et que je te mets le fumier, et que je te remue à la bêche en novembre. Et que je te sème le chènevis à la volée aux premiers jours du printemps. Je t'enterre au râteau. Je te mets des épauris partout pour protéger les semis des oiseaux.

— Je sais, je sais tout ça, Gaille, nous aussi on faisait le chanvre, mais ton histoire…

— J'y viens. Les aousiaux avaient vite compris que les épauris allaient pas leur faire de mal. Alors le Guste pour une pièce ou trois œufs il finissait toujours par embaucher un gamin pour les effrayer avec un bâton, du lever jusqu'à la nuit, pendant deux semaines. Le gamin c'était souvent un des Rousset qui avaient leur chtite maison derrière de la chanebière. Eux c'était pas comme Morin. Gueux comme des rats d'église, ils n'avaient pas grand, rien à vendre mais sept enfants à faire manger. Le père faisait un peu le tisserand, les sabots, il creusait les puits, allait à la faux dans la Limagne, au raisin vers chez vous. Comme on dit, trente-six métiers…

— … trente-six misères, et la misère elle est pas toute chez les riches, y en a pour tout le monde, ose Piassou.

— … mais le Rousset c'était un brave, poursuit Gaille. Je te dis à cause qu'aujourd'hui il laboure avec son dos. Même que c'est en creusant un puits, tout lui est tombé dessus, il allait tout juste vers ses cinquante et c'était son quarante et neuvième trou. On le sait parce qu'on a retrouvé un petit carnet où il avait tout noté, l'eau, l'endroit, le profond de tous ses trous, enfin sauf le dernier en face de l'église. Ah gredot, le Rousset aussi avait ses opinions, mais lui c'était des républicaines ! Cent tounarres, ça se rataillait souvent là-dessus les jours de vote entre le Morin et le Rousset. Mais après il y avait quand même le respect et chacun chez soi. C'est le Victor qui a tenu le plus longtemps la baguette à moineaux. C'était pas le second, mais le troisième des chtits Rousset, à cause de la chanson et parce qu'il a jamais été bien gras on l'a pourtant toujours appelé Cadet. Il avait trois quatre ans de plus que la Génie.

À dix ans, la Génie tournait son fil aussi bien qu'une vieille, un vrai don, à treize ans c'est elle qui avait les plus beaux fils à la foire et qui en tirait les meilleurs prix. Ça gonflait la fierté qu'elle avait déjà de sa petite personne et son goût des sous. Cré gredot, le Cadet l'avait reluquée sa chtite voisine. Il savait lui causer, même si elle faisait la fière et qu'on riait qu'une Morin c'était pas pour le bé d'un Rousset…

– Ça… » soupire Mélie en regardant Piassou.

Madeleine est de nouveau là, derrière Mélie qui se fâche, l'envoie jouer plus loin.

« … et mène Jean avec toi. Continue, Gaille. »

Le voiturier tend le cou, s'assure que la petite s'est bien éloignée :

« Tu sais qu'en été, les chanebières étaient interdites aux femmes, sauf ton respect Mélie, on disait que les odeurs leurs montaient à la tête aux fênes, enfin quand je dis à la tête… on dit, sauf ton respect Mélie — Gaille se penche vers l'oreille du Piassou, feint de baisser la voix — on dit que ça leur chauffait le divertissoir, — et en se retournant vers Mélie — que ça pouvait rendre comme des chattes folles… »

Piassou embarrassé de cette familiarité, de ces mots crus, s'écarte, mais Gaille le cramponne à l'épaule, poursuit :

« … alors c'est là que le Cadet donnait ses rendez-vous à Eugénie quand elle fut demoiselle, sous prétexte de tranquillité pour causer. Il ne s'est pas plaint de son idée…

— D'autres l'ont eu bien avant lui, dit Mélie. Enfin, j'ai entendu raconter…

— Mais lui il ne voulait pas juste aller à la chinasse… Même pendant son régiment, au 98e d'infanterie de Roanne, il ne l'a pas lâchée sa Génie. Il en avait pris pour cinq ans avec un mauvais numéro. C'est long cinq ans, mais aux permissions il remontait, à pied et même pieds nus au début. Il s'habituait pas aux souyers militaires. Plus de dix lieues par les bois et les drailles, des pentes comme des murs. Il gardait sa baïonnette à la ceinture, dans les bois c'est peureux et il était déjà pas bien épais. Pas plus tôt arrivé mon Cadet trouvait encore la force d'aller appeler en imitant le vouvou de la chaviche derrière la fénière des Morin. Précisamint c'était bien pour ça qu'il traversait les bois plutôt que de rester faire l'élégant au kiosque des Promenades. Libéré, il a pas voulu attendre pour sa demande. Je faisais déjà le gourlaud, le meneur de mariage, le mariadière, comme vous dites ici. J'étais pas chaud pour présenter le Cadet, et j'avais pas tort. Mais il insistait. Alors j'ai fait savoir et un soir je sus été chez Morin avec mon bâton brûlé aux deux bouts. En entrant, j'ai vu tout de suite les bûches de la cheminée couvertes de cendres, et juste une chtite omelette servie sur un coin de table, et déjà froide. La mère a noué son tablier, s'est prise à balayer comme si elle voulait écorcher le parterre. Tout ça façon de dire qu'il était inutile et même pas bien poli de prononcer le mot du mariage… »

Le voiturier se tait, regardant Mélie, puis Piassou, comme s'il attendait une question. Rien ne vient. Il reprend, la main bien appuyée sur la table pour marquer son effet :

« Mais figurez-vous que les noces se sont quand même faites en juin. Car ceux qui disent qu'une fille n'a pas à se mêler de ça, ceux-là connaissent pas l'Eugénie. À peine parti, j'avais mangé les œufs sans trop m'attarder à parler des saisons qui n'étaient plus comme au vieux temps, à peine parti que j'entends un grand fracas de poêlons dans la bassie.

La fille avait attendu pendant toute la visite à fatraser entre la pierre d'évier et les bartoles. Elle avait le sens des convenances mais moi sorti elle pouvait beurler. Et je pouvais pas faire autremint que d'écouter.

Ça elle y tenait à son Cadet, même s'il était pas bin grand, ni bin gros. Des gars épais, il y en avait plein la Montagne. Elle n'avait pas besoin d'un singe de scieur de long toujours prêt à montrer ses muscles. Faut dire qu'elle était assez large et ronde pour deux.

Les Rousset n'avaient pas grand-chose. Et alors, qu'elle disait, le grand-père n'en avait pas plus quand il était descendu de son perchoir. Elle saurait bien apprendre à Cadet comment remplir l'armoire de louis et de pistoles.

Elle ne pouvait pas parler de la chanebière et du cri de la hulotte, mais j'ai entendu qu'elle disait "Y'aimin Cadet, y l'auré !" et ce qu'Eugénie voulait ! Cré gredot, elle a fini par faire croire des choses, a menacé d'aller vivre assemblée avec Cadet, de se mettre en ménage sans passer par le notaire, le curé et le maire, et pas dans une ville loin, au bourg du Mayet !

Je suis revenu deux semaines plus tard. Cette fois les bûches étaient bien rangées dans le foyer, avec un chapon à la broche. On les a marié en juin. Pas des grosses noces, vitamint en quatre jours, avec cinquante, soixante invités, au plus. Comme on dit :

“Fouesont pas grand noce
Lou dou parrains
Lou dou témoins lou dou bredins
La soupe et l’bouilli
Et youf au lit.”

Et surtout on a railla de ces filles qui font l’œuf avant le nid et le Guste n’a jamais voulu de son gendre chez lui. Je crois même qu’il lui a jamais parlé. Leur a juste donné la vieille maison à Lanarce, dans le nid de pie. À la berlure de tout le monde, leur premier n’est arrivé qu’en mai, onze mois plus tard, c’était une fille.

C’est pour dire, cent tounarres, la Génie, c’est pas n’importe qui… »

Mais Piassou n’est pas plus rassuré.

V

Ici, tout est plus haut

« DJATÉ ! hue Ferry, hue Gambetta ! »

Le fouet claque, bien au-dessus des oreilles des deux chevaux. Malgré l'amorce de pente ils vont d'un petit trot allègre, conscients que l'on roule dans la bonne direction, celle de l'écurie. Chargée de fagots, l'homme et l'enfant sur le banc, la voiture saute sur les cailloux.

Mélie et le Piassou doivent être encore sur le pas de la porte, une poussière dans l'œil.

« Djaté ! hue Ferry, hue Gambetta ! »

On entend en bas les cloches de Renaison.

Gaille explique :

« C'est pour Bodut le garde champêtre. On l'enterre à l'éyèse. »

Et comme pour s'excuser, il confie au gamin :

« Moi, je ne peux pas rester tu comprends, faut que je retourne, la poste n'attend pas. Drôle de mort. Se piquer le pied avec un vieux sabre et se retrouver raide, comme ça, trois jours plus tard, dans le va. Enfin, toi tu le connais peut-être même pas. Voilà. »

Pour la dixième fois depuis le départ, Gaille enfonce son drôle de petit chapeau rond toujours près de s'envoler et tente de rallumer sa pipe. Assis serré contre lui, bien couvert d'une grosse pélerine noire au capuchon lui retombant sur le nez, des bas de laine dans les galoches neuves, Jean sourit.

Dans l'air vif du printemps où se mêlent les odeurs des chevaux, du genêt jaune des talus et de l'herbe humide, il retrouve des sensations pas si lointaines.

« T'as l'air content. T'as raison, tu seras bien. »

Il montre du fouet les masses sombres des forêts, au-dessus de leurs têtes, collées aux nuages des sommets chevelus ou tondus que l'on voit ou devine : Rez-de-Sol et Mont-Lune, les Pierres du Jour et le Montoncel.

« Vois là-haut, de l'autre côté ça sera chez toi. »

À moins de vingt mètres, dans un tournant, deux chevreuils sautent le fossé, s'immobilisent un instant, les regardent, curieux, et montrant la touffe blanche de leur arrière-train disparaissent brusquement entre les arbres.

« Hue Ferry, Hue Gambetta ! Tu sais pourquoi ils ont ce nom mes chevaux ? C'est pour taquiner le curé, celui du Mayet. Quand j'arrive à l'arrêt de la poste, derrière ses églises, je crie bien fort : "ô Ferry, ô Gambetta, c'est des bons chevaux ça !" Voilà.

Je te raconte ça, mais tu les connais pas non plus, toi, Ferry et Gambetta. Deux grands poilus, comme moi, et ils ont fait de la politique au gouvernement. Des môssieurs, mais des républicains. Les curés ne les aiment pas trop, ça se comprend. Mais pour eux y en a des pires maintenant, tu ne lis pas les journaux toi.

C'est pas un mauvais crô le père Faure. L'est de La Guillarmie, carré comme un pesan de là-haut et, bou-g'd'mâtin de cent tounnarres d'Gieu, il jure coum'in charquier. Encore bien mieux que moi.

Mais il en remue du monde pour sa nouvelle église en caillou du Bizin. Et je te demande des sous à l'un, du bois, et je te demande une journée sur le chantier à l'autre, à croire que tout le pays est devenu logeux de Bon Dieu comme dans les temps.

"Eh ! Grand," qu'il me dit, "j'ai des fers à prendre à Lapalisse". "Sûr, je lui réponds, Ferry et Gambetta y pouyont lou appourtâ deman, y vous doivent bin ça !"

Voilà. La vieille église on va la démolir, tu penses, sept cents années qu'elle a. Les cloches elles chantent encore comme ça :

"Da-ding-dang, da-ding-dang, le bon roi Dagobert avait mis sa culotte à l'envers

Le grand saint Éloi lui dit

Ô mon roi votre majesté est mal culottée."

Tu connais la chanson ? Non ? Saint Éloi c'est le patron des maréchaux, des chaudronniers, des mécaniciens et puis des cochers aussi, parce que… parce que, bin j'en sais rien. "Da-ding-dang, c'est vrai lui dit le roi. Je vais la remettre à l'endroit." T'aimes pas la chanson, t'en veux une aut' ? Non ? bon, tu préfères que je raconte des histoires. Moi sur la route, je chante ou je parle. Mais attention, je parle jamais tout seul, quand j'ai pas de compagnie je parle aux chevaux, hein Ferry ? il aime bien les histoires des temps d'avant. Hein Gambetta ? lui c'est les médisances qu'il préfère. Et quand les chevaux n'ont pas envie d'écouter, je parle aux arbres, aux oiseaux, mais jamais tout seul.

Ils arrivent sur le plateau de la Verrerie. Là où les défricheurs de Saint-Nicolas avaient jadis planté leurs maisons autour d'un premier clocher avant de descendre cent mètres plus bas au bord du Coindre et des biefs de ses moulins, vers un peu moins de froid et de vent.

Gaille arrête l'attelage pour faire de l'eau, comme il dit. Dos tourné à la charrette, braguette ouverte, il vise un rocher qui crève le tapis de myrtilles. Gaille aspire l'air à pleine bouche. D'un creux montent un bruit de cognée, les odeurs d'herbes d'en bas qui se mêlent aux épines d'ici et au proche fraka-fraka d'un pic. Ce n'est qu'un peu plus loin, à l'abri d'un repli que les plantations de sapins peuvent grandir. Tout est nu sur ce coin du plateau, les arbres rabougris penchent vers le sol et ne dépasseront jamais une taille humaine. Il y a toujours ici un souffle de vent et Gaille pense que depuis le fond des âges, ici nul homme n'a pissé droit.

Mais quel monde. Ici tout est bien différent de la plaine, ici tout est… il cherche un mot qu'il pourrait bien dire s'il avait à raconter… Dans la Montagne tout est… plus haut, tout simplement.

Allez, on repart. Mais où est passé le gamin ? Il va pas…

Non, il est là, accroupi derrière un buisson de sorbier, regarde un pic noir s'acharner sur un chablis de sapin, un tronc isolé fracassé depuis longtemps par la foudre et sans doute maintenant peuplé de vermine car piqué de mille becs. Jean fasciné par les mouvements de l'oiseau n'a pas entendu approcher le voiturier qui l'accroche par le bras et se penche pour lui dire.

« C'est un pic, pas un vert, un pic noir, l'oiseau des sabotiers, parce qu'il creuse comme eux, toujours le nez sur son bout de bois, même s'il a un habit de curé et un chapeau de cardinal. »

Dérangé et vexé l'oiseau s'envole en gémissant « *cru-cru-cru* ».

« Allez viens, t'en verra d'autres des aousiaux, des saboutchès aussi, y en a plein la Montagne. »

Assis contre Gaille, Jean tape du doigt sur la semelle de sa galoche, « ta-ta-ta » et agite les mains « *cru-cru-cru* ».

« Cru, cru, reprend Gaille, bin tu vois, toi aussi tu causes quand tu veux. Faut juste te comprendre. »

Sur la pente vers le couchant, des morceaux de brume collent aux branches encore dégarnies des hêtres et de grandes plaques blanches durent dans les creux, les coins d'ombre.

« C'est les loups de neige. Ils attendent une autre chute, la neige du coucou, ici elle vient souvent en mai.

Tu sais ce qu'on raconte à propos de neige…

Voilà, un matin d'hiver, le Grand Gaille, c'est moi, il remontait de Renaison, comme aujourd'hui, peut-être un peu éméché que disent les langues de verpi mais surtout aveuglé par la neige qui tombait dur, il met l'une de ses roues dans le fossé complètement effacé par la neige. Voilà que passent deux gendarmes du Mayet et bien braves ils m'aident à remettre le chariot sur le chemin.

Et comme on allait tous au Mayet, pas fiers les archiers attachent leurs chevaux darrière le chariot et grimpent sur les fagots lui faire la conversation au Gaille.

Ça, c'est vrai ! et répète-le pas, il y en a qui disent même que, sous les fagots où les militaires bien obligeants avaient posé leurs fesses, je montais trois tonneaux de vin de la Côte sans avoir payé les droits ! Hé, comme maintenant gars !

C'est peut-être vrai ce qu'on raconte, et écoute bien, ce qui est sûr c'est qu'ils ne m'ont jamais demandé pourquoi je remontais des fagots de si loin alors que dans la Montagne on en trouve de partout. Voilà. »

Ils redescendent entre sapins et fayards, partout des billes de bois écorcées attendent d'être chargées sur le bord de la route. La pente est raide, Gaille retient les chevaux.

« Doux Ferry, haoo… »

Ils traversent le gros bourg de Saint-Nicolas sans s'arrêter à l'un des hôtels, Gaille est trop pressé, ils descendent encore.

Entre les deux saints de la Montagne, Nicolas le sabotier et Clément le laboureur, la nouvelle route empierrée a tracé à la pioche et en courbes serrées onze bons kilomètres pour franchir les six qui à vol de buse séparent les clochers.

En venant du Forez vers Le Mayet par Saint-Nicolas sur cette route, on rejoint Lanarce par un chemin étroit presque à mi-distance de la descente vers la rivière Besbre.

Une croix de fer repeinte de doré brille sur un bloc de roche grise arrondie par les vents et les pluies. Gaille se moque.

« Ils sont riches ici, le curé doit avoir trop d'or pour le mettre en plein bois. »

Ils ont quitté la route, sur le raidillon l'attelage passe tout juste, peine dans de profondes ornières jusqu'à Lanarce.

Avec la nuit la pluie commence à tomber, quelques gouttes fines. Gaille attache les chevaux à l'anneau de l'auberge, entraîne Jean à l'intérieur. L'enfant ne sent que fumée et bruits, des odeurs lui rappellent le café de Mélie en beaucoup plus violentes, il essaie de ne penser à rien.

« Qui c'est ce garçon ? demande, maternelle, une servante minuscule en posant les verres.

— Un petit de la Mélie du café de Renaison et de Piassou le vigneron », répond distraitement Gaille en conversation avec Cadet.

À la table voisine, un grand à barbe et cheveux gris, vêtu de peau de Diable, un velours noir râpé, lui aussi regardait Jean, il se tape bruyamment sur les cuisses, prend la salle à témoin.

« Sacré Gaille va ! Toujours aussi menteu ! La Mélie du café d'en face la poste, le Piassou qu'est tout plié ! Sacré Gaille va ! Je les connais, je suis sabotier d'en bas, et je le dis tous les deux ils vont bien sur les soixante et cinq, au moins ! Et ton gars il en a guère plus de quatre ou cinq ! »

Le voiturier offre la tournée, raconte une autre histoire :

« Au Varnet, la servante au curé enlevait la poussière des statues de l'éyèse. Elle arrive au saint Georges, sui qu'y zont retiré de l'étang, un bin vieux, tout encrassé, mangé des vers. La servante elle astique fort, longtemps et v'la qu'elle se prend le cotillon dans la lance levée sur le dragon et qu'elle s'en trouve toute troussée. Elle lui donne une tape, "Oh saint Georges, z'avez pas honte, à vot'âge", qu'elle y dit. Si c'est vrai ! C'est le curé qui m'a raconté, l'était dans la boîte à confesse. »

Jean sort avec un homme à l'air contrarié qui le tenait par la main, Cadet. Gaille met ses chevaux à l'abri et les suit.

Ils traversent le village, deux rangées de fenêtres espacées éclairées par les lampes. L'eau tombe de plus en plus fort, traçant des rigoles où le gamin frappe du pied essayant de dégourdir ses jambes endormies par le voyage.

Gaille dit à l'homme :

« Il faut Cadet, faut que ton Eugénie le prenne ce racourchat. Tu me dois un poinçon de vin, et tu en veux encore un. La Mélie de Renaison paiera ses mois, tu me devras plus rien et il te restera même des pistoles au bout de l'an. »

Sa large patte se pose sur l'épaule sèche de Cadet, amicale, mais elle serre un peu plus qu'il ne faudrait.

Cadet se dégage, embarrassé. Régler sa dette comme ça, d'un coup, tenir dans sa cave un tonneau de sintan tout neuf comme un soleil de printemps, ça le fait rêver. Il avait accepté, mais maintenant il est certain que la Génie va hurler, lui mener une vie épouvantable, crier qu'elle n'y arrive plus, qu'elle va partir faire la dame à Vichy, le laissera avec la marmaille…

Comme tous les hommes de la Montagne, Cadet est maître chez lui, pour le dehors. À la maison, la porte refermée, c'est une autre chanson, et chanter son Eugénie sait le faire quand elle est en colère. Pas besoin de gonfler la cornemuse pour l'accompagner… Il tente encore d'objecter :

« On a déjà deux parisiens de l'Assistance, un tout chtit en nourrice, un aut' vaurin de Roanne, et lou noti, et pour les sous…

— Porte pas peine, c'te femme elle avait des vignes et dans ses caves plus qu'un mille comme toi pourrait en boire dans toute la vie. C'est dire. Si elle tricote comme une pauvresse, c'est pour le sucre dans son café… »

La rue ne mène nulle part, se coupe là au bout du bourg par cette placette et sa fontaine un peu en retrait. L'eau se mêle à l'eau dans les bachasses de granit, sur les cailloux.

Et cette maison carrée.

Cadet lâche la main de Jean pour tirer en forçant les battants de la porte.

« Djeu qu'il est vilain ! »

Génie est encore de très mauvaise humeur. Gaille comprend qu'il vaut mieux ne pas évoquer la dette du Cadet, il se remboursera en grattant un peu sans le dire sur les mois d'avance du gars.

« On m'a donné quinze francs d'avance pour lui. »

En réalité Mélie lui avait glissé deux pistoles et fait la remise sur une pièce de sintan.

Écartant le fatras de la table pour poser le pichet, la grosse femme fatiguée se plaint qu'elle n'y arrive plus, l'un des petits malade tousse, le mois de deux autres n'a pas été payé.

« Les tisseurs sont en grève. On veut les faire travailler le samedi après-midi, et diminuer leur prix du mètre, à cause des Anglais. Tous les métiers sont arrêtés, explique Gaille.

— Je travaille bien tous les jours moi, et on me paie quand on y pense, proteste la femme.

— Bon, celui-là, tu me le prends ou pas, la Génie ?

— Puisqu'il est là… mais ça me gêne quand y m'regarde, l'a des yeux drôles. »

Le soir-même Jean avale la moitié de soupe et renverse l'autre. Il se venge d'un coup de sabot sous la table par un coup de galoche et pisse contre la cheminée.

Il fait dès ce premier jour connaissance avec la principale punition de la maison : le clapier. Génie le traîne par l'oreille vers une cage à lapins, le pousse dedans d'une bourrade et d'un furtif bisou avant de refermer la porte. La cage aurait dû être vide, elle ne l'est pas.

Jean sent dans le foin une chose douce et chaude qui tremble contre sa joue dans le noir. C'est à la fois effrayant et agréable. Les oreilles de l'animal lui chatouillent les narines. Il éternue, se met à rire, se torche le nez du dos de la main et s'endort d'un coup en serrant le lapin contre lui.

C'est ainsi que Jean passe une première nuit dans la Montagne.

VI

Enfants de Génie

JEAN ESSAIE DE COMPRENDRE, d'attacher ce nouveau monde à l'ancien, et à ceux d'avant, qu'il sent perdus, de plus en plus loin. Mais rien ne ressemble. Les visages ne sont plus les mêmes, leurs mots sont étranges, et surtout le monde s'est arrêté. Désormais Jean s'éveille toujours là où il s'est endormi même s'il rêve de toutes ses forces.

Le matin est toujours plein de bruits. Dehors, avec les premières lueurs le chant de la fontaine devient plus net, le frôlement du vent entre les arbres plus précis. Des oiseaux s'affrontent ou se cherchent en chahuts pointus ou sifflets flûtés. Le coq bien certain qu'un autre jour est en train de naître se décide alors à lancer un « karrrakataaa » mouillé, suivi d'un autre, plus long, plus assuré. Ceux du bourg lui répondent, puis ceux des villages. On croit même entendre, très loin en bas, l'eau cogner contre les roues arrêtées des moulins.

Dedans, au hasard des matelas de balle un tout petit pleure doucement, un garçon grogne, des fillettes jasent. Jean s'éveille à demi, il voit le ciel blanchir par la planche manquante d'un volet, devine la bande de lumière pâle qui s'étale lentement sur les sommets d'en face, coule vers la vallée. Comme chaque jour il entend sur les marches de bois le pas traînant de l'homme, et un peu plus tard celui plus lourd de la femme, des bûches qui roulent et claquent, des pots heurtés.

Malgré un coup de pied, un coude qui le pousse, tranquille, Jean se rendort, essaie de retrouver le rêve qu'il vient de laisser, avec une route qui n'en finit pas de monter, un chariot où somnole un lion aux oreilles de lapin…

Mais la fille aux joues très rouges, celle qui lui paraît grande et que les autres appellent Gisèle ou bien Trapette, se penche vers lui. Elle le secoue, le tire hors de la chaleur et l'installe sur un petit banc, une branche fendue montée sur quatre pieds. La grosse femme pose sur la table les bols en bois plein de soupe. Ce matin Génie est encore en cheveux, le chignon mal calé. Un grand tablier à bretelles protège sa jupe à gros plis et bourrelet sur les hanches, le corsage ample qui laisse nus ses bras rouges. La soupe est la même que la veille, mais au réveil Jean a toujours très faim et ne laisse rien. Comme il l'a vu faire, il porte maintenant le bol vidé sur la bassière, la grosse pierre creuse qui sert d'évier, encastrée dans un renfoncement du mur, déjà encombrée. Chabouni le chien, noiraud maigre et triste aux oreilles tombantes vient se frotter à ses jambes, à l'affût d'une croûte.

C'est un jour d'école, pour quelques heures la maison retrouve un semblant de calme.

Cette maison Eugénie l'avait aimée, aussi. Auguste Morin avait subi le mariage de sa fille unique, il refusait de partager sa table et ses travaux avec un gendre encore plus gueux que ses commis mais ne pouvait pas laisser son héritière travailler chez les autres comme une fille sans rien. Il leur donna la masure du haut, au bout du bourg de Lanarce, avec trois mouchoirs de broussailles où il n'allait plus. Que Cadet fasse ses preuves et l'on verrait plus tard.

La petite locaterie à un étage tournait le dos aux bois et à la pente, s'ouvrait par une porte à deux battants sur une place servant de cour à quatre familles. À l'un des pignons s'adossaient deux cabanes de planches. Derrière la maison, des murets de pierres sèches retenaient et fermaient une étroite bande de terre.

La mère Morin avait insisté pour que l'on remplace le couvert de paille troué par des tuiles rondes. La maison en prit l'air d'une vieille bergère coiffée d'un chapeau de dame.

Les invités de la noce offrirent une horloge suisse, dorée de partout elle étalait grande impression mais n'avait pas coûté très cher. On dut creuser le sol de terre battue pour l'installer. La porte fermait mal, les deux fenêtres du bas ne s'ouvraient plus, les lambourdes du plafond, qui formaient aussi le plancher du dessus, se cassaient ici et là. Mais qu'importe, pensait alors Génie, Cadet saurait bien arranger tout ça, et planter une chènevière. Au soir de ses noces, entre les draps neufs et les bras du Cadet qui l'étaient moins pour elle, Eugénie rêvait. Le trait de lune se glissant entre les rideaux de droguet du lit à quatre quenouilles ne projetait que l'ombre d'une chouette.

Eugénie trouva vite son nouveau domaine bien étroit. Douze ans après, la porte ferme toujours aussi mal. Le battant du bas que l'on garde tiré pour empêcher les poules d'envahir et celui du haut que l'on ouvre en été ne se rejoignent pas. Les lambourdes du plafond sont un peu plus cassées, Cadet a simplement posé des planches sur les trous, et cloué d'autres planches pour faire des lits, au fur et à mesure de l'arrivée des enfants.

Maintenant Génie s'est habituée, cette maison, elle ne la voit plus vraiment, se contente de la faire vivre, sans haine ni goût, un jour après l'autre.

Comme chaque semaine, dans un baquet d'eau chaude posé sur la table elle lave les deux plus jeunes : Bastien le petit Roannais qui tousse souvent et Clémentine sa fille d'un an, elle sera sans doute son dernier enfant, la commère lui a dit. Génie évite de frotter les têtes pour préserver la croûte de lait qu'on affirme protectrice. Elle se garde bien de couper les ongles…

« Ça les rendrait voleurs. »

Elle tire sur les tétons de la fillette :

« Pour que tu sois une bonne nourrice plus tard. »

Elle secoue Bastien :

« *Parcimouni, parcimouna,*
Ma chemise entre mes bras,
Mon chapiau su mé cheveux. »

Elle le renverse en arrière :

« *Bonjou Môssieu…* »

Le balancement fait rire le petit aux éclats. Jean se balance sur son petit banc, il a suivi chacun des gestes, baissé les yeux lorsque Génie tournait la tête vers lui. Un pied du banc s'enfonce brusquement dans la terre et Jean se retrouve sur le dos.

« Faudra que j'te débarbouille, te aussi, t'es sale comme une huppe ! »

Génie prend son temps, elle aime ce moment, le prolonge. Il lui permet de songer à ce qui a été, à ce qui aurait pu être.

Dès la naissance de son aînée Eugénie eut du lait en abondance. Une connaissance du Mayet, devenue femme d'un hôtelier de Vichy lui confia son bébé. Le chétif garçonnet y gagna de bonnes joues et les jeunes mariés une certaine aisance. En ces pays où l'on s'efforçait de produire soi-même tout le nécessaire, le mois d'une nourrice était une fortune.

Un autre nourrisson suivit. Eugénie comprit qu'il y avait plus de rapport dans son corsage que dans leur vache à tout faire. Elle trouvait plus de plaisir à compter et recompter les pièces jaunes dans la boîte en fer blanc qu'au ménage et aux travaux des champs. Filer ne l'intéressait plus. Elle laissait cette occupation aux vieilles femmes.

Mais avec les années, le lait d'Eugénie devint plus rare. Elle compensa un peu avec celui des chèvres, on l'affirmait fortifiant bien qu'il eût aussi la réputation de rendre les enfants dévergondés. Plus souvent c'étaient des soupes épaisses de pain et de lard, base de sa cuisine.

Les mitonnées ne réussissaient pas toujours aux plus petits, des nourrissons dépérissaient, mouraient plus qu'il n'est raisonnable. Les hôteliers et commerçants de Vichy placèrent leurs héritiers ailleurs. Elle ne garda que les enfants des fabriques de Roanne. Les mères devaient retourner aux métiers juste après la naissance, les enfants n'étaient pas plus mal chez Génie qu'aux faubourgs Clermont ou Mulsant, les nouveaux quartiers humides et sans air construits en hâte pour les ouvriers de la cotonne. L'Assistance publique confiait aussi ses orphelins et abandonnés. Le rapport était plus petit, les pièces plus rares dans la boîte de fer.

Génie habille les petits, enroule la toile du péta autour de la couche, puis un lainage et enfin un corset, le boucli. Les nourrissons ne gardent guère de libres que les mouvements de la tête.

Jean la regarde coucher Clémentine et Bastien, tête-bêche dans le même long berceau de bois, une sorte d'auge à patins cintrés. Des trous sur le côté permettent de ficeler les enfants. Ils ont l'air de deux saucissons en colère.

Bousculant la table d'un coup de hanche, Génie empoigne le baquet, va le vider devant la maison, projetant l'eau de toutes ses forces, elle se mouille les pieds, revient en soufflant.

Sous un banc Jean a ramassé un gros bouton de nacre fêlé, enfilé d'un morceau de bois dur et pointu. Il le fait tourner entre ses doigts et le laisse partir comme une toupie. Génie n'a plus envie de remplir à nouveau le baquet. Elle se sent lasse :

« T'as trouvé la ronfe au Pierre ? Va, joue, j'te laverai une autre fois. »

Cadet entre, guilleret, laissant ouvert le battant du bas, une poule en profite pour le suivre. Il a de petites veines rouges et de grosses rides au coin des yeux, des poches aux genoux et aux fesses de ses brayes couleur de terre, mais sa voix cassée chante lorsqu'il demande à Jean :

« Ô gars, keské habillé en vert, blanc dedin et ka les cheveux su le pied ?… »

Il pose une bottée de poireaux terreux sur la table. Sans attendre de réponse il repart, content de lui, laissant Génie soupirer sur les cendres de la cheminée et la poule picorer un plat oublié.

Cadet n'avait jamais vraiment compté sur l'aide du père Morin. Il trouva sans trop de difficultés quelques cartonnées de pentes à louer, un pré menacé par la bruyère et les genêts et un peu plus bas, planté çà et là de rochers mais presque plat, une pointe de terre où pouvaient pousser le seigle et l'avoine et la truffe d'ici qui n'est que pomme de terre.

Il s'estimait bon ouvrier. Jeune il était toujours embauché dans les premiers à la loue, cette foire aux bras où les moissonneurs un épi au revers et leur faucille sous le bras attendaient un employeur. Il savait parfaitement affûter la lame à la pierre jusqu'à ce qu'elle plie sous l'ongle du pouce. Souvent en tête de ligne il coupait sans hâte ses dix ares dans la journée, gardant la cadence d'un bout à l'autre du champ. De même pour les labours à l'araire, les foins à la faux, le battage du blé à l'écoussaou, ce fléau au battant de houx dont le manche lui laissait des crevasses aux mains.

Mais son travail, sans reproche sur les terres des autres et avec d'autres, rendait mal, n'était jamais fait au bon moment lorsqu'il se retrouva seul sur ses propres arpents.

Décider et faire en solitaire l'ennuyait. Il bâclait ou remettait à plus tard pour retrouver la chaleur des plaisanteries à l'auberge, l'entrain d'un ouvrage en commun. Seuls son clapier et ses légumes le retenaient un peu, là un voisin avec l'occasion d'un verre n'étaient jamais très loin. Naude qui avait développé son atelier de sabots aurait pu l'embaucher plus souvent. Sans être des plus fines les mains de Cadet étaient assez habiles pour dégrossir les bûches. Mais Cadet venait quand ça lui chantait et entraînait trop les ouvriers à l'auberge.

Génie s'habituait. Comme les murs de la maison, sa passion de jeunesse se recouvrait d'une couche uniforme de crasse et de fumée, chaque année plus épaisse. Cadet jamais méchant la laissait mener.

Il ne la contrariait pas, ne lui demandait jamais de comptes sur ses mois de nourrice. Il lui arrivait de se montrer d'humeur agréable.

Mais quand allait-il se décider à passer les murs à la chaux ?

VII

Copeaux et cailloux

JEAN PROFITE SOUVENT DE LA PORTE laissée ouverte pour mettre le nez dehors. Personne ne le retient. En quelques semaines, il a trouvé les dimensions de son nouvel univers et reprend ses errances de petit chat. Évitant d'abord bêtes et gens il apprivoise le village.

À plus de huit cents mètres d'altitude sur un éperon en pente raide vers la rivière, sur les derniers contreforts des monts de la Madeleine, Lanarce mène une vie discrète.

Calé entre prairies, champs de seigle et pommes de terre au nord, les marais d'une petite tourbière au sud, la pointe d'une forêt de hêtres, le bourg rassemble une trentaine de feux, des maisons à un étage, couvertes de tuiles creuses, ou basses avec quelques toits de paille, serrées les unes contre les autres pour se protéger du vent d'ouest et de la bise, des maisons épaisses, droites, de simples et efficaces prolongements du rocher, des constructions bâties sur le même modèle et sans fantaisie inutile. À peine parfois se remarquent une génoise au bord du toit, une fleur ou un épi gravés sur le linteau de la porte d'entrée.

Dans son unique rue, encombrée de bois pour le chauffage et les travaux, de chars et d'outils, de chiens et de volailles, seules les enseignes d'une modeste mairie-école, de deux cafés et d'une auberge-forge lui valent d'être un bourg administrant une douzaine de villages et écarts.

Perchée et accolée au cimetière, l'église croulante, guère plus grosse qu'une chapelle, domine les toits de ses fidèles et rêve de loin aux 1287 mètres druidiques du Montoncel.

Lanarce a conservé son vieux sanctuaire roman à la nef basse en demi-cercle, aux ouvertures rares, épaulée par de massifs contreforts. À l'intérieur, face à l'autel, une pierre tombale, gravée simplement d'une croix garde trace d'un ancien maître de ces terres dont on a oublié jusqu'au nom.

Par manque d'ambition ou de moyens la paroisse reste à l'écart de l'ecclésiastique fièvre bâtisseuse qui un peu partout rase les vieux murs et plante de modernes clochers imités du gothique.

L'existence terrestre du village n'a pas beaucoup changé depuis des siècles, de la même façon Lanarce se contente pour ses prières de la voûte des ancêtres.

Le clocher, au-dessus du porche, n'est accessible que de l'extérieur par une échelle, il est en si mauvais état que l'on a enlevé la cloche pour l'accrocher aux grosses branches d'un ormeau. Le curé sonne lui-même et pendue à son arbre comme un braconnier de jadis, la cloche un peu fêlée carillonne les fêtes et éloigne les orages de grêle aussi bien qu'une autre.

Pour ceux de la petite vallée proche, Lanarce reste un pays à demi-sauvage, arriéré, peu commode d'accès. On y va peu car on n'a rien de particulier à faire là-haut. Pour ceux de la Montagne c'est une paroisse parmi d'autres et sans histoire. Le reste du monde, à plus de vingt kilomètres de là n'en a jamais entendu parler.

Pour Jean c'est une prison, même douce, même s'il pense que ses petites jambes n'auront jamais fini d'en faire le tour et sa tête d'en comprendre les règles.

C'est une prison, car il se sent trop petit pour affronter les pentes et les broussailles qui entourent le bourg. Quant à l'unique sortie de la rue, vers le chemin pentu, vers la croix dorée et la route de pierres, elle lui est interdite mieux que par une grille. La forge de Gros-Bonnet et le sonore lavoir qu'alimente une source encadrent l'entrée du bourg, pas question de passer là sans être vu.

L'auberge de la forge étanche les soifs locales et de passage. Au-dessus du bouquet de saint Éloi, assemblage de fers de toutes formes servant d'enseigne au maréchal, ce modeste relais de charretiers affirme sur sa façade loger et nourrir « à pied et à cheval ».

Tandis que Fradin, dit Gros-Bonnet, maigre de ventre et gros des bras, chauve dès son retour de l'armée, ferre un cheval ou plus souvent une vache, sa femme Mimi qu'on appelle la Bonnette sert à boire. Nanon, une fillette de l'Assistance, aide. Elle se souvient de l'arrivée du petit aux yeux sombres, avec le voiturier Gaille. Poussée par une fraternité d'enfants déracinés, elle lui glisse en cachette une cassure de sucre, un reste de gouère aux pommes ou au fromage, lui pose des questions, s'étonne qu'il ne réponde jamais et parfois même ignore la gourmandise qu'elle lui offre.

Au fond de la cour un feu de charbon de bois brûle en permanence dans la forge sous une avancée noircie du toit. Le sol s'encombre de fers tordus, de lames cassées, de clous rouillés, rien n'est vraiment jeté, tout peut resservir et ressert un jour. Contre un mur et près de l'enclume attendent un soc d'araire et des outils à redresser, une roue de char disloquée.

Le seul ordre apparent est celui des outils, toute une collection d'étampes, de cure-pieds, de râpes, de pinces, de marteaux et de masses.

Gros-Bonnet ne déteste pas la compagnie, surtout admirative, mais supporte mal que l'on touche aux instruments de son métier, il n'a plus d'autre aide que Bouffot, un improbable chien recueilli, presque aveugle et à la queue coupée. Un chien mieux nourri que la plupart de ceux du pays. Mais il ne vole pas sa pitance. Enfermé dans une roue à barreaux haute comme un homme, Bouffot le souffleur marche, court quand Gros-Bonnet lui demande et la cage tourne, un système de bascule avec courroies et poulies entraîne la chaîne du soufflet et la forge s'embrase.

Cuirassé d'un large tablier à bavette, le crâne luisant aux reflets de la forge, et tandis que la vache est immobilisée, Gros-Bonnet chauffe le fer en forme de petite pelle, frappe de la mailloche. Ce qui ne gêne pas les conversations. Pas plus qu'en face les coups des battoirs ne gênent les commérages des laveuses.

Dans la rue l'odeur lourde de la corne brûlée se mêle à l'haleine acide du linge rincé. À l'entrée de Lanarce comme à la messe les deux sexes sont proches mais séparés. D'un côté le monde des hommes et du feu, et de l'autre celui des femmes et de l'eau. Seuls les très jeunes enfants peuvent aller de l'un à l'autre.

Une femme hèle Jean, brandissant son battoir.

« C'est le nouveau à la Génie qui rôde encore, arrive grenipiaud, j'vais te blanchir. »

Jean se lasse vite de tout ce bruit, de ces odeurs. La seule chose qui l'intéresserait vraiment serait de franchir la ligne imaginaire mais pour lui bien réelle que la forge et le lavoir semblent tendre en travers de la route.

Il fait demi-tour, trotte entre les coins de murs et les tas de bois, saute les flaques d'eau. Il fait un crochet pour éviter de passer devant l'école, une boîte grise qui engloutit les enfants six heures par jour. À Jean elle semble un cachot dans la prison.

Bien calé sur un tas de copeaux, il se dore au soleil en face de la saboterie. C'est là qu'il se sent le mieux, la senteur du bois, les bruits l'enchantent. Il n'a pas encore trouvé le courage de pénétrer dans l'atelier, il ne peut que deviner la besogne qui se fait à l'intérieur, un monde imaginé riche de gestes, nourri de tous les bruits du bois cogné, rapé, lissé.

Il voit aujourd'hui Cadet en chemise, manches roulées au coude, suer à empiler sur une longue charrette des sabots liés par douzaines de treize. Dans les taches de lumière de la porte béante et des hautes fenêtres, un petit homme sec à moustaches blanches et cheveux ras, en pantalon de velours sombre et chemise grise largement ouverte s'affaire autour d'ouvriers portant tous un tablier en grosse toile bleue ou noire, noué dans le dos par un cordon.

Régulièrement l'un ou l'autre sort pour prendre une bille de bois, échanger quelques mots avec Cadet, héler un passant ou simplement regarder le ciel.

« Ooh la Grise… »

Une bourbonnaise à deux hautes roues s'est arrêtée. Un homme saute à terre, aussi large que haut. Son ample chapeau mou de feutre noir et la peau de chèvre à la mode des propriétaires importants qu'il porte malgré la douceur du temps le rendent encore plus volumineux, lui donnent l'air d'un gros champignon poilu du pied. C'est le patron, le Naude…

Les sabotiers de la Montagne tenaient parfois toute l'année boutique au bourg, mais à la belle saison beaucoup fabriquaient directement dans leurs coupes, dans les forêts où se trouvait le gros de leur matière première, hêtre ou verne. Ils étaient rejoints par leurs voisins de la Côte roannaise. Dès les premiers soleils ils retrouvaient leurs loges, une cabane pour le travail et une autre pour dormir au sec. Les matins sont toujours humides ici. Pour vivre dans ces montagnes, on n'a jamais trop de métiers. Ils pouvaient se faire charbonniers et creusaient leurs billons en surveillant la meule qui se consumait. Ce qui s'appelle ne pas manger ses heures.

Sauf lorsque le métier devint rare, mais c'est un autre temps, peu travaillaient seuls. Le patron sabotier dirigeait trois ou quatre ouvriers, parfois plus, avec chacun sa spécialité, habitant ensemble toute la saison dans les bois. Aux premières neiges de l'automne ils revenaient au bourg ou dans leur village continuer à l'abri de la boutique. La vente à domicile restait de petite importance. Des grossistes passaient, achetaient la production et livraient sur Moulins, Roanne, Lyon, jusqu'en Beauce.

Comme dans tout le Plateau central on pouvait aussi émigrer quelques mois d'hiver, à l'exemple des maçons de la Creuse, chaudronniers d'Aurillac ou scieurs de long d'Ambert.

Les montagnards bourbonnais n'allaient pas à l'aventure, en août, des entrepreneurs toujours appelés « cantalous » même s'ils étaient du pays, recrutaient du côté de Laprugne. Des équipes se formaient et en novembre les hommes partaient pour leur « Cantal ». Autant qu'à Mauriac ce Cantal pouvait bien se trouver en Corrèze, Aube, Yonne ou Saône-et-Loire, on ne partait pas pour apprendre la géographie mais pour rapporter un pécule à Pâques.

Parfois ils ne revenaient pas, se mettaient à leur compte en Puisaye ou épousaient une fermière limousine. On vit alors, loin du Montoncel, des enfants s'appeler Drigeard, Laurand, Bonnière ou Roche.

Dans la Montagne on connaissait la réussite du Jean-Baptiste Laurent : vers la fin du second Empire, ce sabotier de Laprugne avait trente ans, un peu d'aisance et des idées. Il apprit qu'un terrible ouragan venait d'endommager une grande partie des forêts de hêtres au nord-ouest du Cantal, du vrai. Il acheta les arbres déracinés à bas prix, à des propriétaires déjà bien heureux de trouver preneur pour leurs chablis. Laurent entraîna avec lui une bonne centaine d'hommes de son canton, les installa dans les bois ravagés. Les Bourbonnais travaillaient par deux. L'un dégrossissait l'extérieur, l'autre creusait. Ce travail en équipe permettait un rendement supérieur à celui du sabotier isolé. Une fois par semaine Laurent ramassait leur production avec son attelage. Les sabots étaient entreposés au chef-lieu, Champs-sur-Tarentaine, avant d'être transportés à

Bort-les-Orgues et chargés dans les wagons du chemin de fer en direction de Paris.

Cette histoire, Naude la connaissait par cœur :

« Et comment le Jean-Baptiste avait acheté pour trois sous toute cette forêt enchevêtrée dont les scieurs ne pouvaient rien faire, et comment il en sortait cinq cents paires de sabots par jour, et comment il avait fait construire un hangar, et les abattoirs de la Villette à Paris qui étaient de gros clients… »

Car Félix Charrier, c'est à dire le Naude, avait épousé une petite-nièce de Jean-Baptiste Laurent, Marie-Louise, une Patay de Laprugne.

Il avait assez de terre pour manger tous les jours, une maison qui tenait debout en plein bourg et deux vaches, se trouvait satisfait de partager son temps entre les travaux des champs et sa boutique de sabotier ouverte sur la rue, d'en sortir comme tout le monde deux paires les jours où il n'avait rien de plus urgent à faire, et trois ou quatre quand la livraison approchait. Mais Naude tenait très fort à l'estime de Marie-Louise et pour la garder il lui fallait se mesurer à l'ombre du grand tonton.

Poussé par sa pugnace Prugnarde il développa son artisanat, s'associa avec deux de ses frères, Martin et Joseph. Le jeune Martin, toujours célibataire, avait la bosse du commerce. Il aimait bouger, voir les uns et les autres, faire l'avantageux dans les auberges et sur les foires. Il trouva des débouchés pour vendre en se passant des grossistes de Saint-Nicolas, les Vial, Pignaux, Forges.

Naude achetait des coupes dans les bois voisins, mais aussi de gros noyers dont il gardait branches et racines pour les sabots et revendait à bon prix le fût débité aux menuisiers. Joseph, le plus vieux, père tranquille d'une marmaille agrandie chaque année, bon fabriquant, dirigeait à Lanarce quatre à cinq ouvriers. Marie-Louise qui chez les sœurs n'avait pas appris que des prières, tenait les comptes. On acheta deux chevaux, Pompon et Marlaud, pour aller livrer en gare de Lapalisse, la sous-préfecture où passait la ligne du P.L.M.

Dans la plaine les sabotiers de village et de quartier étaient aussi demandeurs d'ébauches qu'ils finissaient aux besoins de leur clientèle. À Vichy où l'on construisait beaucoup Martin trouva preneurs pour des échelles, on fabriqua donc aussi des échelles. Il arrivait que l'on travaille de sept heures du matin jusqu'à huit heures du soir et même minuit, surtout l'hiver quand les commandes pressaient.

Ce n'était pas encore le Cantal de Jean-Baptiste, mais l'atelier se développa rapidement, devint la principale activité de Lanarce, faisant vivre toute l'année plusieurs familles, apportant un appoint à d'autres. Naude n'était encore qu'un simple conseiller municipal, et pas des plus causants, mais Marie-Louise avait pour lui d'autres ambitions. Elle le poussait, comme elle disait, à se mêler… car Becouze, le maire en place, se faisait bien vieux.

Près de l'atelier Jean respire le bois et le caillou. Personne ne l'a dérangé jusqu'à ce que l'école s'ouvre comme un sac, lâchant toute une enfance qui s'éparpille dans la rue. Jean se glisse derrière un tronc de sapin, si Gisèle le remarque elle le tirera de force vers la maison avec la petite tribu qu'elle tente de mener comme un troupeau de volailles. Mais c'est la poigne de Cadet qui par surprise lui serre le bras.

« Viens gars, j'te mène avec moi chez le maréchau. »

Et tournant le dos à la marmaille qui l'ignore, Cadet marche vers la forge, tenant l'enfant d'une main, de l'autre il pousse la roue comme un cerceau.

Après le ferrage de la vache le forgeron vient de réparer une chaîne, il s'est taillé un honnête succès en livrant les secrets de sa soudure où se mêlent borax, sel ammoniaque et esprit de vin bouillis dans un creuset sur un coin de la forge. Une recette apprise d'un de ses maîtres qui lui-même la tenait d'un apprentissage chez Roudillon à Villerest dans les gorges de la Loire. Mais tout l'art est bien entendu dans le dosage et le tour de main, et ça, n'importe quel maréchau de circonstance ne pouvait pas l'avoir.

On approuve, peu oseraient d'ailleurs désapprouver Gros-Bonnet, il a des bras comme des cuisses et fait crédit à la forge comme à l'auberge.

Jean l'ignore, il ne s'inquiète que du chien tournant dans la roue.

Cadet parlemente pour la réparation du Naude.

« Faut apitâ. »

Attendre c'est le refrain connu de l'artisan. Le fer ne vaut plus rien, il faudrait embattre la roue, la refermer d'un cercle porté au rouge, et Gros-Bonnet n'a pas le temps. On verra plus tard, mais si Cadet veut attendre à l'auberge…

Cadet veut bien.

Gros-Bonnet se ravise.

« Cadet, gare…

— Eh ?

— Gare, j'ai un trio de saboutchès d'amont en salle, depuis le goûter de midi, et ils ont un peu chauffé…

— C'est pas dimanche aneut ?

— Va savoir, pour eux peut-être, devaient avoir le bourdon au fond de leur bois. »

Jean sur les talons, Cadet s'est installé près de la porte, loin des trois hommes attablés devant une ruine de bouteilles, de gâteaux, de noix et de pommes. Un très grand maigre en gilet noir, coudes sur la table, tente de retenir à deux mains sa tête qui dodeline. Un gaillard épais et velu comme un sanglier remplit avec difficulté le verre qui semble disparaître dans ses grosses pattes. Le troisième, rasé du matin, bonnet de laine vissé jusqu'aux oreilles fixe Cadet. C'est le plus rouge des trois, mais lui se tient encore à peu près droit, tente même de se lever.

« Mais veci l'adjoint du môssieu Naude…

— Adjoint, bah… adjoint… murmure Cadet.

— Adjoint de mon tchou… grogne le maigre.

— Allez, va, je te connais, t'es le Cadet, insiste l'ecarlate, tu sais qu'y nous fait des misères ton patron.

— Patron de mon tchou… ajoute le maigre en baillant.

— Même qu'on en causait avec le Tueloups et le Pluche ici-là…

— Pluche de… bon… »

Tueloups interrompt son étique voisin d'une bourrade :

« Suffit Pluche, reste donc à cougner les paux, bougre de grand écouena, on disait avec Coquelicot, que ton patron y veut tout, va tout penre les baous, inkera et inkera, nous restera rien, pas un foyard, pas un sarpin à chapouter…

— L'en veut trop le Naude, paye trop les coupes pour les avoir, insiste Coquelicot. Ah les gros et les curés qu'ont des bois sont contents…

— Curés de mon tchou, baous de… ricane le Pluche avant de s'assoupir.

— Et me les gens du Naude, j'les… » menace Tueloups réduisant une noix en poussière entre le pouce et l'index. Il se lève, lourd, marche vers Cadet, titube lourdement entre les tables, pitoyable et inquiétant comme un vieux cochon noir blessé. Il a posé une patte sur l'épaule de Cadet, l'autre agrippe la chemise.

« Nous les chtits sabotiers, on va pas se laisser mingêa par les gros », hurle l'énorme en secouant le frêle Cadet.

Il tord l'étoffe dans son poing, elle romprait si ce n'était du vieux chanvre. Tueloups appuie son front sur celui de Cadet, lui souffle dans le nez. Jean s'agrippe à la jambe, cache sa tête dans le velours râpé.

Coquelicot a vu l'enfant. Malgré son teint où entre autant de naturel que de vin dur, Coquelicot est un peu moins ivre que l'autre. Il comprend que son compagnon pourrait devenir nerveux, qu'il lui vaut mieux intervenir :

« Bafute-le pas, laisse Tueloups, le Cadet j'le connais, c'est pas un gros, c'est un chtit comme nous.

Comme nous, t'êt' même encore plus malourou, hein Cadet un malourou que t'es… »

Le grand gaillard éclate brusquement en larmes, embrasse Cadet qui peine à retrouver son souffle, il l'étreint, le force à s'asseoir, rafle deux verres d'une seule main et sanglote :

« Ah, misère… »

Il était temps. Tiré au tablier par Nanon, Gros-Bonnet déboule dans la salle, masse levée. Il la pose, éberlué, on lui annonçait un massacre et il ne trouve qu'un tas de sabotiers pleurant comme des veuves aux funérailles.

Coquelicot lance, grand seigneur, comme s'il l'avait vu faire au théâtre :

« Allez la chambalière, va quarir une aut'roquille, et le meilleur pour Cadet, c'est notre compagnie ! »

Et à Cadet :

« Le Tueloups est pas méchant, juste un peu parlatif quand il est rincé. »

Il est déjà tard quand les sabotiers, Cadet et l'enfant reprennent la direction des bois pour les uns, de la maison pour les autres. Mais le village compte trois cafés, et l'on ne pouvait pas le traverser sans s'arrêter aux deux autres.

C'est Jean qui pousse la porte. Cadet bute contre la table, renverse un banc, il voit la maisonnée agitée et la pense joyeuse.

« Hé Génie, j'mingerais bin une bonne, une bonne guenille de treuffes ! »

Et comme Eugénie ne répond pas, il se tourne vers les enfants :

« Hé, kesse qu'est plein, plein le jour et qu'est vide la nuit ?

— Pas toi Cadet, t'es pas souvent vide », siffle Génie.

Cadet superbe l'ignore :

« C'est le sabot, gars. Et kesse qu'est vide, vide le jour et plein, plein la nuit ? Ça c'est le lit. »

Il grimpe péniblement l'échelle de meunier pour aller se coucher, manquant de renverser au passage la Trapette qui descend avec un bébé sur chaque bras.

VIII

Fini d'entrer

GÉNIE ESSAIE D'OBTENIR UN PEU DE SILENCE le temps d'un semblant de prière. De la pointe de son couteau essuyé sur la table, Cadet trace une croix au dos de la large miche grise, lance les tranches de pain autour de la table.

« Encore une que le curé n'aura pas ! »

Génie feint de ne pas avoir entendu et touille dans son tupin, goûtant pour la troisième fois le morceau de lard avant de le couper. C'est toujours en douze parts : huit pour les jeunes, deux dont un petit pour Cadet et deux, dont un gros pour elle. Mais aujourd'hui elle se trompe, recompte, s'énerve, recoupe, ne sait plus où elle en est, car elle a du tracas, Génie. Le maître d'école qui fait l'important, et aussi le secrétaire à la mairie, est encore venu ce matin demander les papiers du Jean. « Il y a des lois républicaines, qu'il disait, et si cet enfant reste ici, il faudra bien aussi que je puisse savoir quand il aura l'âge de fréquenter l'école, qui est je vous le rappelle, laïque, gratuite mais aussi obligatoire. » Ah c'est bien du tintouin et Cadet l'écoutera.

Cadet tranquille rêve, dos calé sur sa chaise paillée, un coude sur le tiroir où il vient de ranger le pain, au bout de la longue table. Mais les enfants s'impatientent, se balancent, jouent du sabot. Les rires étouffés, gloussements, messes basses ont vite repris.

Enfin Génie verse dans les grands bols, les uns en bois, d'autres en terre vernie, ou en grosse faïence avec de petits dessins bleus.

Chacun a sa place, toujours la même. Personne ne l'avait vraiment décidé, mais Pierre, Julie, Tiennon, Gisèle, les enfants de Cadet et Eugénie se retrouvent du même côté et les petits-paris, le Yaude, Anne, Frédéric et Gilbert de l'autre. Sans le vouloir Jean a rompu cette symétrie et fait exception à la règle. Il se pose entre Tiennon et

Julie, apprend à esquiver les coups de sabots sous la table en les repliant bien sous le banc.

Le pain se décompose en gros grumeaux dans le bouillon, les poireaux se coincent entre les dents et restent coriaces malgré une longue cuisson. Génie affirme qu'ils ne « pourront bientôt plus servir qu'à vieuter ses fromages », et demande à Cadet de lui rapporter d'autres légumes. Il veut bien, mais…

Chabouni le chien se fait oublier sous la table, dans l'attente d'un bout de gras mâchouillé jeté discrètement par Pierre qui jamais ne parvient à l'avaler. Le noiraud élevé pour lever la grive et le lièvre, puis pour la garde des bêtes, faute d'entraînement montre peu d'efficacité et préfère la chasse aux rats, bêtes qui ont l'avantage de le nourrir et constituent avec les petites pommes sauvages dures sous la dent l'essentiel de son régime.

Génie profite du repas pour régler ses comptes avec les déchireurs de blouses, les briseurs de sabots. Elle donne à chacun son travail du jour, après la classe.

Sans compter les aides aux voisins, ils ont les biques à surveiller dans les communaux, chemins et broussailles. Ils ont les fagots, et toutes sortes de cueillettes, des glands pour le cochon qui n'en a jamais assez, de l'herbe pour les lapins, les fougères pour les litières.

Frédéric et Gilbert doivent faire la feuille. Assez adroits pour monter aux arbres, ils couperont avec une petite serpette les jeunes branches feuillues qui, séchées, servent de fourrage. Les pieds bien calés, ils s'agripperont d'une main et trancheront de l'autre sans perdre l'équilibre. Comme par hasard, ils grimpent plus facilement les jours de cuisson du pain. Ils savent que Génie se montrera plus généreuse sur la forta aux fruits qu'elle confectionne avec les déchets de pâte raclés au fond du pétrin. Un gâteau qu'elle dore en même temps que le pain dans le four du bourg, deux ou trois fois par mois.

Génie ne s'assoit guère, mais se nourrit largement en cuisinant et servant. Elle prélève une sorte de droit de passage sur la nourriture de chacun. Un peu plus aujourd'hui pour combler ce souci qui la creuse. L'œil en coin elle regarde Jean. Là, il rit, tout seul, tout bas en s'étouffant avec son pain. Pour rien comme un bredin ? Non, Chabouni lèche une grosse égratignure qu'il s'est faite au genoux.

Toujours à courir, c'est pas qu'il lui donne de l'entrain, du dérangement plus que les autres, mais on ne sait jamais ce qu'il pense. Pour le mois pas d'histoires, les sous sont toujours là à temps, ah si tout le monde était comme celle de Renaison, mais les papiers ! Il faudrait en parler au Gaille, après tout c'est lui qui l'a mené ici. On ne l'a pas vu depuis un moment le Gaille. Ce n'est quand même pas elle, Génie, qui va descendre à Renaison. Déjà qu'il y a des années qu'elle n'a pas quitté Lanarce, même pour descendre au Mayet, même pour descendre à Saint-Clément voir le père et la mère. Bah c'est à eux de faire signe.

C'est pas elle qui s'est fâchée.

Cadet a plié son couteau, tel le maître d'un domaine où ce geste signifie que le repas est terminé, plus personne ne peut manger. En fait les enfants ont avalé leur festin depuis longtemps et les grands se sauvent déjà vers un jeu qui ne peut attendre. Les plus jeunes s'éclaboussent à la fontaine.

Génie redresse un banc renversé. À Cadet qui tend la main vers son béret elle fait signe d'attendre et à Gisèle de s'éloigner. Il faut parler de Jean. Elle a toujours été dans la loi et ne veut pas d'ennuis, si le certificat n'arrive pas il faudra qu'il parte, et vite, voilà c'est dit.

Elle s'emporte et lâche :

« Et puis il est pas… il est pas ordinaire. Y cause pas et quand y cause on comprend rin, y va rester touyau…

— Non, je te dis qu'il s'intéresse, proteste Cadet.

— À quoi ?

— Aux choses, tiens… aux sabots, l'autre jour il est resté tranquille toute la journée devant la boutique…

— Alors il s'intéresse plus que toi, parce ce que si tu as fait plus de deux journées pour le Naude ce mois je m'appelle sainte Madeleine ! Mais change pas de converse…

— C'est toi qui… »

Cadet argumente qu'il devait bêcher le champ du bas, descendre du bois et avec le temps la Frisée se fait de plus en plus lente…

« Toi et la vache, vous faites la paire. »

Cadet voudrait simplement avoir la paix, il est l'heure de la sieste. La pregnière c'est sacré.

« Pour ce qui est du Jean, je t'ai pas dit mais j'ai vu le Gaille…

— Quand ?

— L'aut'co, à l'auberge. Il dévalait à Renaison, m'a dit qu'il s'en occupait pour les papis. Ça devait pas tarder à venir un jour par la poste. Tu sais que le Léonard a repris… »

Table et salle en ordre les filles jouent. En ce début de printemps, les coucous jaunissent les champs, elles ont cueilli de gros bouquets. Gisèle les aligne à cheval sur une ficelle tendue par Anne et Julie accroupies devant la porte. Le fil bien garni elles en nouent les deux bouts et ça donne une balle pour jouer à la paume contre le mur de l'école, elle s'écrasera vite mais la matière ne manque pas. Elles ont encore le temps d'en rouler trois ou quatre avant d'entendre la cloche de l'école.

Le bout d'une canne ferrée a soulevé leur pont de fleurs. Les filles n'ont pas entendu arriver Léonard le facteur, ses gros souliers semblent sortir de terre juste devant leur nez.

Tout les impressionne chez le Léonard, sa corpulence, son épaisse moustache et surtout son espèce d'uniforme mi-bourgeois mi-garde champêtre, pantalon clair taché d'herbe et de boue, veste courte et chapeau de paille. Elles abandonnent fleurs et ficelles, s'envolent en piaillant.

Hilare, le bonhomme brandit sa canne.

« Courez pas comme ça les gintes, j'ai des mots de vos amouroux ! »

« Dotandis on parle du loup ! clame Cadet.

– Et c'est Léonard ! salue l'homme à la sacoche.

– La paix, Chabouni. Et finis donc d'entrer, Léonard. »

D'un coup de pied Cadet expédie sous la table le chien qui se décidait à grogner. Le pied manque le chien qui se méfiait mais pas Jean qui vient de le rejoindre.

Génie pose deux verres sur la table. Remplit l'un jusqu'au bord, devant Léonard, et l'autre à demi, face à Cadet.

Sans avoir l'air d'y prêter attention, Cadet a pris la bouteille et égalise le niveau des verres.

Léonard se met à l'aise, tombe sur la table son canotier et la sacoche de cuir qu'il ouvre très lentement, signe qu'il a besoin de souffler un moment.

« C'est une lettre, une lettre de la Loire. »

Cadet triomphe, un peu surpris quand même. Génie fait mine de regarder l'enveloppe jaune, comme si elle pouvait reconnaître un tampon, une écriture, toutes ces choses. Par la fenêtre elle voit que les filles sont parties pour l'école. Le courrier attendra le retour de la Trapette pour être lu, elle le fait disparaître au profond de son tablier. Tout de même. Génie se sent soulagée d'un poids, la Mélie s'est décidée à envoyer les papiers du petit…

Cadet allait resservir Léonard qui pose la main à plat sur le verre.

« Pas pour t'offenser Cadet, ton vin il est bon, et on me dirait qu'il vient de la même direction que ta lettre que ça m'étonnerait pas, mais tu me connais, jamais plus d'un verre par maison… sauf… »

Il relève la main, empoigne le verre.

« Sauf quand j'ai soif ! »

Cadet remplit.

« Un moment qu'on t'avait pas vu Léonard, ton remplaçant disait comme ça que tu avais marié une jeune héritière et que tu vivais de tes rentes en jouant aux quilles sur la place aux Foires.

– L'animau ! Non, j'avais comme une p'tite faiblesse là… »

Il se tapote le genoux.

« … et pour l'héritière faudrait que ma femme me donne la permission ! L'animau ! Non, j'avais une p'tite faiblesse là, alors j'ai demandé à faire la tournée de Molles, c'est moins pentu là-bas.

– L'a un jupon blanc, ta p'tite faiblesse ?

– L'animau ! Non, c'est moins pentu là-bas. Mais les coursières et les chemins d'ici me manquaient. J'ai trouvé un gougneux bin adret pour me rhabiller le genoux, et me vl'à. J'aurai fait toutes les tournées de la poste du Mayet, celles Nizerolles, de Saint-Ciamint, de Châtel, et de Saint-Nicolas, la plus haute, quand j'étais plus jeune. Comme mon frère, tu connais, lui c'est tout le côté de Farrères qu'il a marché. La Guillarmia, Lavoine, c'est pentu là-haut aussi. Tous à la poste aux lettres dans la famille. Voilà à quoi ça nous a servi d'avoir de l'instruction. On travaille avec nos pieds. Tiens, avec toutes les inventions d'aujourd'hui y en a comme le Claude qui disent qu'on va donner des biclots aux facteurs. Tu m'vois dans les drailles à cheval sur deux cerceaux ! Non, la poste ça sera toujours deux souyés bien solides, ici ça peut pas être autremint.

Bon, on m'cause et dotandis le courrier y bouge pas, faut qu'j'aille porter l'journau du Naude, depuis qu'y gagne des sous, y sait lire on dirait. C'est *L'Indépendant* son journau, le curé lui c'est *La Croix de l'Allier*. Y en a un qui dit blanc et l'aut' qui dit… rouge. Un jour j'va me tromper, pour voir s'il y voit. L'animau ! Il paraît qu'il se verrait bien à la mairie le Naude.

— Le Becouze est toujours là.

— Mais pas fort Cadet, pas fort. Il veut même se présenter pour le conseil de Lapalisse, le Naude. T'sais qu'il est descendu à Vichaï pour parler au député. »

« Oooh la Grise… »

La bourbonnaise ferraille près de la fontaine.

Léonard se lève, rajuste la sacoche pansue :

« Dotandis on parle du loup…

— … v'là l'Naude », continue Cadet.

Eugénie restée jusque-là près de la bassière et de ses marmites, en retrait de la conversation, s'avance vers la porte, redresse son chignon, lisse les plis de son tablier.

Cadet ne se lève pas, juste après le repas l'exercice serait périlleux et il connaît le Naude depuis assez longtemps pour ne pas faire de façons.

« Finis d'entrer Naude. La paix Chabouni ! »

Affairé, le large sabotier salue.

« Le bonjour Génie, salut Cadet, j'aurai besoin de toi. Tiens Léonard, t'as viré ici-amont…

Léonard fait mine de lui tendre *La Croix*, mais Naude ne regarde pas le journal.

« Non laisse-le à la fabrique. Cadet, j'ai besoin de toi ce soir. Faut que je sois à Lapalisse pour prendre le train de deux heures le matin. Je descends à Paris. Bon, on mènera un camion de sabots à la gare en même temps, tu reviendras ici avec les chevaux.

— À Paris, c'est loin, hasarde Génie.

— Oh, avec le chemin de fer. Trois heures d'arrêt à Moulins, ça laisse le temps de déjeuner et de voir, et je serai rendu à 4h18 d'après-midi à Paris.

—Ça doit coûter, insiste Génie.

— 45 francs 10 centimes, pour l'aller et retour en seconde classe précisamint, mais on peut le faire pour 29 francs 45 centimes en troisième. Ah le chemin de fer, nous en faudrait un dans la Montagne… Et pour ton nouveau jeune, il est où ?

— Doit être par-là…

— Là, avec le chin, il écoute, dit Léonard à qui rien n'échappe, pointant le doigt sous la table.

— Je le vois souvent vers la fabrique, c'est de l'Assistance ? demande Naude

— Non, une femme de la Côte…

— L'instituteur m'a parlé pour ses papiers, faudrait les porter à la mairie, Génie ? »

Elle tapote son tablier :

« On va s'en occuper, vitamint.

— Tu fais l'maire maintenant ? réagit Cadet.

— Non mais faut bien se mêler quand on peut, et ce que j'en dis, autant être en règle. Les gendarmes doivent bientôt passer…

— Les archiers du Mayet, pour ? s'intéresse Léonard.

— Pour les affaires de la mairie, les papiers et tout, et puis les élections…

— Et tu crois qu'y va votâ pour toi le chtit », goguenarde le facteur.

Il se penche sous la table :

« … hein gars que tu vas vôta pour… il est pus là.

— Oh, lui… soupire Génie.

— Bon, j'me sauve. Je compte sur toi Cadet. Après la soupe, tu peux ? »

Génie fixe Cadet, il soupire :

« Faut bin…

— Bon, à la vêpra. T'endors pas avant. »

Ce soir Gisèle a pris son air le plus important, elle approche la lettre de la fenêtre puis de la cheminée, déclare qu'on n'y voit rien dans cette maison, ce qui n'est pas complètement faux. Elle exige qu'on allume la lampe.

Génie peste contre le prix du pétrole. Au moins, du temps où l'on avait une chènevière l'huile du chaleu, la vieille lampe, ne coûtait rien.

Le courrier vient de Roanne, mais aucun des deux feuillets n'est le certificat attendu. Tracée en beaux pleins et déliés d'écrivain public, la lettre est adressée par madame Hortense Buffin, bobineuse, rue Mulsant à Roanne. La mère de Bastien parle du prochain bébé qu'elle aura à l'été. Pour le travail, la morte saison a commencé tôt cette année. Aux tissages Déchelette comme ailleurs on a mis beaucoup d'ouvriers au chômage en attendant les prochaines commandes. Fort heureusement elle a pu conserver son travail, mais Jean-Marie qui avait fait grève n'est plus dans le cadre des ouvriers travaillant toute l'année.

Elle s'excuse de n'avoir pu envoyer le Cloridrose demandé, la pharmacie Bonjour en manque et le flacon vaut 3 francs 50, sans parler du prix d'un paquet à la poste.

Elle espère que la toux de Bastien et son eczéma se guérissent tout de même. Elle pense bien à lui, l'embrasse bien fort. Il a bien de la chance d'être au bon air et d'avoir une nourrice dévouée…

Génie regarde la mèche de la lampe à pétrole, elle presse Gisèle.

Enfin, Hortense s'excuse aussi pour le retard dans les mois du petit, mais ils seront bientôt payés, elle ne pense qu'à ça, on peut lui faire confiance, cette année la vie est bien difficile. Elle donne le bonjour à… à…

« Ça suffit. »

Génie a éteint la lampe, arraché la lettre des mains de Gisèle et la plie avant de la ranger dans la boîte.

À table ! Et il n'y aura pas de fromage ce soir.

Ça pour avoir le bon air, on l'a mais c'est pas ça et les bonnes paroles qui nourrissent le monde, même ici. À table ! Mais il manque Jean entre Tiennon et Julie. Personne ne l'a vu. Non personne. Personne depuis le goûter de midi. Gisèle le cherche dans la maison, puis les grands autour de la maison, et tout le monde dans et autour du bourg, jusqu'à la nuit. La lune est pleine, le ciel dégagé, mais Cadet doit partir avec le Naude et le camion de sabots. Un chemin de fer ça n'attend pas.

Montant sur la lourde charrette, Cadet se tourne vers Génie et ne trouve à dire que :

« Y a pas de papis, y a plus de chtit, comme ça… »

IX

Et ringningnin

LA LUNE EST BIEN RONDE et la route empierrée très blanche, sur la droite elle a laissé les toits et le clocher sans flèche de Châtel. Comme les eaux de la Besbre la lourde charrette descend vers le nord et la plaine.

Naude a passé ces derniers jours au cul des chevaux, avec la carriole à deux roues et maintenant le char de sabots. Depuis quelques jours il n'a pas perdu de temps, et repasse toutes ces visites dans sa mémoire, tel l'écolier ses fraîches épreuves de certificat d'études : d'abord le député, le docteur, il ne fait pas toute la pluie et tout le soleil comme disent certains mais il connaît la direction du vent ; puis le sorcier d'Isserpent, Matagot qu'on appelle le jeune, non qu'il le soit tant que ça mais rapport à l'autre d'avant, un homme de bon conseil et connaissant les livres ; enfin il a tourné du côté du Donjon voir quelques curés pour une messe en triangle.

Dans trois paroisses différentes, dont les clochers formaient justement un triangle aussi parfait que possible, les cérémonies devaient être faites au même moment. Rien de tel pour détruire les sorts et rendre sans effets maléfices et sorcilages.

Les messes lui avaient coûté cher et la consulte du sorcier d'Isserpent plus encore. Comme dit Marie-Louise, si on veut être un patron moderne faut pas hésiter sur les relations. Ça coûte tout ça, mais il faut savoir ce que l'on veut. Et Naude veut une belle écharpe de maire et pourquoi pas de conseiller d'arrondissement, en attendant mieux, Marie-Louise dit que ça arrangerait les affaires. Sans parler de la machine à sabots, le progrès ! Enfin, c'est ce que veut Marie-Louise, lui se contenterait de la machine ou d'être dans son lit. Toutes ces histoires lui donnent un peu mal à la tête, les choses de la politique surtout.

On n'est pas à des heures à mettre un chrétien dehors, à rouler sur un char avec sur ces grappes de sabots qui brillent sous la pleine lune. À chaque tour de roue ça s'entrechoque, claque dans son dos…brrreu !

« Hé, t'endors pas ! »

Il donne un grand coup de coude à Cadet qui, le béret enfoncé jusqu'aux yeux, s'écroule sur son épaule et recommençait à ronfler.

« On arrive ?

— Non, on est encore loin mais tu vas prendre le mal si tu t'endors comme ça. Fait bien frais cette nuit. Tu veux prendre les guides ?

— J'dors pas, je m'reposais juste, et puis… et puis j'pensais un peu.

— À quoi ?

— J'ai peine de partir comme ça, sans qu'on a retrouvâ le chtit.

— On pouvait pas attendre de plus, et si ça se trouve, retrouvé il l'est déjà et au lit, lui.

— Il 'tait p'têt' pas bien loin, c'est pas la première co qui s'ensauve. Une fois on l'a trouvâ avec les lapins, comme s'il s'était puni tout seul. Une autre co chez les Bertaudes il était.

— Ben ça proùmet ! »

À Lanarce, proche de la placette, on trouve le café des Bertaudes, la Delon et la Marguite. Seuls passent la porte vitrée les hommes qui ne craignent pas pour leur réputation, célibataires du lieu, ouvriers d'ailleurs ou esprits indépendants. Le lavoir médit qu'à l'occasion ces demoiselles, deux sœurs venues du village des Chargrohs, ne refusent rien contre un peu de monnaie. Une porte basse à l'arrière du bâtiment ouvre directement sur la campagne.

On arrivait près de la Pierre qui danse et des Terres rouges, à main gauche, toutes imprégnées du sang des batailles de géants, et de l'oxyde de fer. À droite on entend la Besbre qui cogne contre le rocher de ses dernières gorges, tourne une dernière bourrée montagnarde avant de devenir rivière de plaine. La route se resserre entre deux talus, juste avant de tourner.

« Ici, à la neut, c'est peureux. Si j'étais un bandit, j'attendrais là Naude, et à moi le trésor. Des bandits, y en a eu sur cette route des brigands, y en a eu.

— Mais y en a plus Cadet, y en a plus.

— Non, y en a plus Naude, c'est comme les loups, y en a plus guère. Et puis y s'approcheraient on aurait assez de sabots là derrière à leur lancer, tout le char s'y fallait…

— Des garnis à 35 sous la paire ! Mais des loups…

— Y en a plus Naude. On en a tué un y a plus de dix ou vingt ans du côté de Farrères…

— C'était un cervier, plus gros qu'un loup, pas loin de cent livres mais c'était comme un chat, avec des poils sur ses grandes oreilles bien pointues, des taches et une petite queue toute noire au bout…

— L'contraire du charbouni Naude ! L'charbonnier c'est juste là qu'il est tout blanc !

— Un loup, mais un loup-cervier il disait le garde. Y en a peut-être encore. Et c't'hiver, celui qui attaquait des femmes et des bergers tout seuls à Busset, à Charrier, partout, on en entend plus causer. Va savoir, c'était un garou ou un brigand ? Des bandits y en a moins, mais y en aura toujours…

— Surtout dans la politique, môssieur l'maire !

— Mandrigaud va ! T'as p't'êt' pas tort. Enfin, on est deux…

— Et j'ai ça dans la bauge ! »

Cadet brandit son sac en toile, clang, cling sur les pierres, la baïonnette tombe d'un côté et l'étui de l'autre. Il saute sur la route, ramasse l'arme, la remet au fourreau et rattrape le chariot.

« Elle est même pas bréchée. Avec ça y peuvent venir gars ! Quand j'étais au 98e d'infanterie à Roanne, soldat Victor Rousset, présent, et que je rentrais à pied pour voir la Génie…

— Je sais Cadet, je sais…

— … un grand mâchuré avec un bâton qui sort de derrière un arbre. La bourse ou la vie y me dit, comme ça. Ma bourse la v'la et j'le pique. Il a descendu le col plus vite que je l'avais monté. Le soir j'appelais Génie en faisant la chaviche, comme ça… Vou… »

Il claque des lèvres contre une feuille serrée entre les deux pouces, attrapée au passage.

« Vou, Vouou… »

Une chouette répond.

« Je sais encore faire ! Vou… Ah, la Génie !

— Ah la Marie-Louise ! »

Une bouteille d'eau-de-vie sort de sous le banc.

« Ça réchauffe !

— On avance ! »

Cadet commence à chanter, suivi par Naude :

« Ne prenez pas femme dans le mois de mai…

L'premier soir des noces quand j'men fut coucher

A m'griffa la gueule avec ses cinq doigts… »

Cadet a posé son sac bien à plat en travers de ses genoux, sa main droite imite le vielleux tournant sa manivelle et la gauche pianote sur la besace.

« Et ringningnin, et ringnignin et digue digue et digue don

Moi j'ai pris mes brayes et m'en suis allé

À l'étable aux vaches pour y sommeiller

Mais vl'a qu'la vache noire se tourna vers moi

Elle tordit sa queue et m'brena dans l'nez

Et ringningnin, et ringnigni…

Les fênes et les vaches sont toutes après nou-ous.

Et ringningnin, et ringnigni et digue digue et digue don… »

Le chargement de sabots claque plus fort, les chevaux eux-mêmes semblent prendre le rythme. Et tout se calme, en silence Naude fixe maintenant la route droit devant. Cadet tente de relancer la chanson :

« Ne prenez pas femme dans le mois de mai… gnin ringnin… »

Mais rien à faire, Naude sérieux fait son patron, il a mal à la tête, grogne :

« Oh, t'en connais pas une autre… »

Piqué, Cadet s'arrête net, montre son sac :

« Si, mais je sais pas la jouer. »

Et vexé il a trouvé le bon sujet pour relancer la conversation :

« Tu sais qu'on t'aime plus trop dans les bois d'amont…

— Ah ?

— L'autre co à l'auberge des gars causaient mau de toi, à cause que tous les foyards que t'as achetâ…

— Qui c'était ?

— … mais je t'ai défendu. Qui ? Me souviens plus bien leurs noms.

— Y avait pas un grand poilu bien fort ?

— Oh, fort, fort, pas tant que ça, enfin un peu.

— C'cst pas des houmes à l'Amirau ?

— Peut-être, c'est ça, des gars à l'Amirau. Il a l'air brave comme ça, et poli, mais c'est pas un gars bien franc, on ne sait pas d'où il vient l'Amirau.

— Oh si, moi je sais Cadet, de pas si loin, il sort de Roanne. Pas des faubourgs, il est né en bas vé la Loire. Charpentier de marine, il était, il réparait à quai, adret compagnon, et puis il est parti sur l'eau, et d'eau douce en eau salée il s'est retrouvé sur des bateaux, pas des santines du Mayet, des gros qui vont à l'aut' bout du monde, chez les sauvages. Les gendarmes m'ont dit que l'aurait été au bagne de la Calédonie. J'dis pas qu'il était bagnard l'Amirau, non, ça j'le dis pas, retiens bien Cadet. Mais enfin il était là-bas et il aurait eu des fréquentations pas bien fréquentables, des artoupans qu'on veut plus en France. Toujours est-y qu'il a viré vers chez nous, loin de l'eau, comme pour se mettre à la coué de quelque chose qui sait. Il s'est marié en Forez sur le tard, s'est fait sabotier. Et ces temps il a embauché des arcandiers pas tous bien nets, mais savent chapouter, on peut pas dire. On s'est rataillé rapport à des coupes qu'il voulait aveire, mais que j'ai eu, c'est tout… Dans les bois y a de la place pour tout le monde.

— Oui, mais un peu de plus pour les uns que pour les autres, comme pour la mairie…

— Qu'est-ce que tu veux dire Cadet ?

— Bah, porte pas peine Naude, pourvu que t'offres un coup à boire on votera pour toi, tiens passe donc un acompte… Et ringningnin, et rin… encore une cht'ite gnôle pour la route.

— Pour la route, on y est. »

Ils restent silencieux pendant un bon kilomètre, regardant l'ombre des arbres. Et Naude demande :

« Tu sais qui que je descends voir à Paris ?

— Non…

— Une machine.

— Ah ?

— Une machine qui fait des sabots, chez Arbey, cours de Vincennes, près de la place du Trône, ils font de la scierie, des machines à vapeur et maintenant des machines à fabriquer les sabots. Tu penses… C'est Marie-Louise qui m'a dit : "faut…"

— J'm'en doute… »

Naude regrette déjà un peu ses confidences.

« Mais n'en parle pas, hein, faura encore rien dire.

— Sûr, tu me connais, et depuis longtin…

— Ça…

— … mais comme à propos Naude, toi qui es déjà à te mêler à la mairie faurait que tu m'aides, rapport aux papiers du chtit…

— Duquel ?

— Mais du Jean, le dernier gars que Génie a pris.

— Mais il est…

— Mais non, c'est toi qui disais, doit dijà être au lit. Voilà, je t'explique… »

Cadet a mal aux fesses et les jambes engourdies. Il commence à s'ennuyer, près de cinq heures qu'on est sur les chemins. Il a froid, il a faim, il a sommeil. Il faut bien avoir de l'amitié et besoin de gagner trois sous pour s'embarquer dans une histoire pareille.

De la gare on devine la ville et le château, plus bas, au bout d'une longue avenue, distante, comme si la vieille cité ne voulait pas côtoyer ce nouveau monde qui sent le métal et le charbon.

La machine a hurlé dans la nuit, crachant fumée et étincelles par tous ses trous. Le monstre de fer semble obéir à deux petits hommes à blouse et casquette qui agitent une lanterne et un fanion, il s'arrête dompté devant le quai, lâchant un long soupir. Sur son flanc des portes numérotées s'ouvrent. Cadet laisse sur le quai Naude encombré de sa valise de cuir.

Le char est à l'entrepôt, les chevaux dételés à l'écurie et Cadet avec une soupe tiède mouillée de vin. On entend assourdie la respiration de la machine, la trompe, le sifflet. Le convoi repart.

Cadet, béat, rêvasse dans la contemplation d'une affiche où deux élégantes invitent à visiter Vichy, image tremblant à travers la buée de son bol de vin chaud.

Un employé de l'entrepôt l'a secoué par l'épaule, tiré de son rêve. Cadet paye. Un aubergiste mal réveillé recompte deux fois la monnaie. Cadet ajuste son béret devant la porte. Deux chiens lui passent dans les jambes, l'un est borgne, il manque une oreille à l'autre.

On le conduit devant, vers le char à demi déchargé.

On lui demande :

« C'est ton camion ça ?

— Ben oui…

— Des roulants dans les wagons de bestiaux, ça on en trouve, mais un clandestin dans une charrette de sabots, et si petit, ça je l'avais jamais vu, tu le connais ce gars ?

— Le chtit… »

C'est Jean, s'accrochant à la ridelle, il est bleu de froid, tremblant.

« Le chtit, ben ça, et y doivent encore charchâ amont. »

Cadet remarqne un large accroc sur la robe noire, Génie va encore crier.

« Oh, comment t'as fait le Jeanni, voulais te sauvâ ou te proumenâ ?

— L'était là, caché dans un petit creux entre deux douzaines, comme une poule grouasse sur ses œufs, il nous a mordu quand on a voulu le sortir… »

Cadet l'a couvert avec ce qu'il a pu trouver, réconforté de vin chaud. Avec ce que Naude lui a donné, Cadet a de quoi. La grande charrette vide saute sur les pierres. Après quatre arrêts sur la route la matinée est bien avancée, on aperçoit enfin le clocher du Mayet.

X

Au Village caché

SUR UN BANC DE L'AUBERGE Jean somnole, bien enveloppé dans des sacs et collé contre Cadet.

À la table voisine des gens de la ville en habits neufs boivent du café, ils ont commandé des brioches. Cadet fait le riche, se régale d'un morceau de jambon et d'une épaisse tranche de pain blanc.

Jean tousse encore, il sent le vin vomi, la sueur et la vieille pomme de terre.

Mais quelle idée il a eu ce gars, comment a-t-il fait pour se cacher dans le chargement ? Et pourquoi ? Cadet irait bien s'allonger dans la paille à côté des chevaux, mais il n'a pas envie de s'éterniser au Mayet et se promet de dormir tout son saoul, et dans son lit.

Cette femme toute jeune avec un petit bonnet et une grande devantière blanche nouée sur la jupe, il lui semble bien la connaître.

Elle vient d'entrer dans la salle et porte une grande corbeille d'osier couverte d'un linge. Souriante, fraîche, elle sent la farine et le beurre, salue tout le monde.

« Cadet !

— Fanie ! »

C'est la plus jeune de ses sœurs. Ils ne s'étaient pas vus depuis des années, depuis l'enterrement de la mère qui avait suivi de près l'accident du père. Chacun a sa vie de son côté.

Fanie avait été placée dans un commerce du Mayet, c'est mieux que dans une ferme. Elle semble très bien s'en porter.

Elle va aux cuisines se débarrasser de sa corbeille, revient s'asseoir du bout des fesses sur le banc. Elle raconte d'une voix de crème un peu tournée, douce avec une petite pointe d'acide.

Elle travaille à la pâtisserie de la grand'rue, tous les matins et le lundi toute la journée. La seule pâtisserie de tout le canton.

Cadet lui pince le bras.

« Ça te va bien, t'as toujours été une sucrée… »

Elle fait mine d'épousseter la manche crasseuse de son frère.

« Toi c'est pas les gâteaux qui vont t'étouffer… »

Cette boutique gourmande n'était pas un commerce que Cadet fréquentait, même les jours de foire. Sans doute pour cela qu'ils ne s'étaient encore jamais rencontrés. Elle habite au creux du bourg, au Village caché. Un étage, à deux pas de la boutique. Chez elle c'est tout petit, mais cela lui suffit.

Un commerce où l'on vend des gâteaux, et pas les matefans de la mère, des gâteaux que l'on paye et mange rien que pour le plaisir ! Cadet n'en revient pas.

C'est que Le Mayet est devenue une vraie ville maintenant au carrefour des nouvelles routes. Plus de deux mille habitants et l'on vient de toute la Montagne le lundi. On trouve tout maintenant au chef-lieu, bouchers, boulangers, épiceries, mais aussi marchands de tissus, tailleurs, modistes, chapeliers, bottiers, merceries, bijoutier même s'installent.

Elle énumère avec une fierté gourmande, comme si elle régnait sur toute cette prospérité. Elle aide au ménage, mais aussi à la boutique, de plus en plus souvent :

« Vendeuse c'est quand même mieux… »

On y voit tous les gens importants. L'huissier vient lui-même chaque dimanche matin.

« … en veste à coua. Il fait le gentil, mais un vussier, c'est quand même du drôle de monde. Tu te rappelles chez le père… »

Elle ajoute que le pharmacien envoie sa bonne choisir les gouères qu'il mange en cachette derrière sa banque et avec une petite cuillère, les fruits d'abord, puis le fromage blanc, la pâte en dernier. Et la femme du receveur des contributions ! et celle du notaire ! une dame élégante, et très riche, qui a des terres jusqu'à Arfeuilles et dans la Loire.

« C'est bien pour ça qu'il l'a épousée. »

Non, Fanie n'est pas mariée, pas encore.

« Mais je coifferai pas sainte Catherine, j'ai encore le temps. Il s'appelle Pierre et fait le maçon, c'est drôle mais c'est comme ça. Il doit d'abord terminer son tour de France. »

Et ils iront s'installer à Vichy où le travail ne manque pas. On y construit sans cesse, et de belles choses, un compagnon comme lui trouvera facilement à s'employer.

« Et toi le Cadet, toujours chez les sauvages d'amont ? »

Jean s'est agité avec de petits gémissements, tousse.

Fanie le voit, tête sombre sortant de son tas de sacs.

Elle regarde, stupéfaite, avec une envie de fou rire :

« Mais c'est un gars ! J'croyais que c'était un chin, là. »

Elle le touche, sent la fièvre, s'alarme.

« Et bin, il est dans un drôle d'état mon neveu !

— C'est pas ton n'veu, c'est un assisté, enfin pas tout à fait. Il voulait se proumenâ sans le dire. »

Fanie passe la main sur le front de Jean. Il se laisse faire, toussaille encore.

« Et toi tu l'assistes drôlement, il est malade ce gars. Bien malade. Faut le soigner tout de suite.

Y sent pas bon. »

Chez le docteur Lebrou quatre personnes attendent leur tour dans la cuisine, d'autres patientent dans la rue. Fanie a bousculé tout le monde. Cadet suit, portant Jean, bafouillant des excuses.

La femme du médecin tente bien de barrer la route à cette tempête mais déjà Fanie pousse la porte du cabinet. La femme crie :

« Achiiille ! »

Le médecin examinait le genoux d'un patient en chemise, Fanie le connaît.

« Père Yuss, vot'jambe ça fait cent ans qu'elle boîte, elle peut bien attendre encore un peu, y a un chtit qui est mal. »

Le père Yuss s'est retiré dans un coin de la pièce, sans broncher. Tenant son pantalon devant lui, il regarde Fanie de travers et feint de contempler une vitrine pleine d'un capharnaüm de pots de faïence, d'instruments bizarres et brillants qui apparemment n'ont rien à voir avec l'agriculture.

Lebrou regarde le blanc de l'œil de Jean, palpe ses joues. Il lui fait tirer la langue, flaire son haleine, sa sueur. Il l'allonge sur un vieux canapé vert, le met torse nu.

« Pas gras ! »

Il étale un grand mouchoir sur la poitrine de l'enfant, y colle son oreille. Il tapote les côtes.

« Hum ! »

Il a sorti une massive montre d'acier de son gilet, prend le petit poignet.

Adossés au mur, entre une bibliothèque de bois blanc et un grand tableau colorié représentant des champignons, Fanie triture son tablier et Cadet le bas de sa veste.

Lebrou le regarde sévèrement :

« Qu'est-ce qu'il lui est arrivé ? Il a une très mauvaise fièvre, et en plus ce minot, il est saoul comme une… »

Cadet ne comprend pas très bien si, dans son parler qui chante plus qu'un Auvergnat et voiture des bennes de « r », le médecin a dit bourrique ou barrique.

La question le tracasse, mais pas tant que ce qu'il allait bien pouvoir raconter à Génie. Et il fallait rentrer à Lanarce les chevaux de Naude. Et payer le docteur, pour s'entendre faire des reproches. Saoul le Jeanni ? Pour trois bols de vin chaud, quatre au plus, mettons cinq. Est-ce qu'il a de meilleure médecine contre les coups de froid ce charlatan qui n'est même pas d'ici. Et bien jeune en plus, et tout le monde sait que les jeunes médecins font les cimetières bossus.

Derrière sa table de bois noirci, Lebrou sort une grande feuille de papier rayé d'un sous-main.

Cadet met la main dans sa poche, et tente de compter ses pièces sous le tissu. Il demande :

« Pour la consulte, c'est…

— Deux f… »

Lebrou regarde brièvement les sabots de Jean, sa veste.

« … vingt sous. Et pour le pharmacien, vous… »

La plume attend sur le papier. Cadet fixe le plafond, désespéré. Fanie rompt le silence, hoche la tête :

« Ça ira.

— Je marque donc, sulfate de quinine, angélique… bien le faire transpirer… plus tard quina de Rocher, huile de foie de morue pour le remettre sur pied. Il faut surtout le mettre au chaud tout de suite, je passerai dans la journée poser des ventouses.

— Mais faut qu'on rentre, maint'nant… murmura Cadet.

— Y sera chez moi docteur, au-dessus de la Toinette Copet, la tailleuse, la femme du charron.

— Je connais. »

Suivie de Cadet qui porte Jean, Fanie doit rendre son tablier. Et la corbeille ? Elle l'a oubliée à l'auberge, ou bien chez le docteur.

« Et la corbeille ?

— Demain. Ils en avaient besoin.

— Comment ça besoin de la corbeille ? Attends. »

La patronne veut la retenir, avoir quelques explications sur tout ce temps pris pour livrer douze brioches, mais déjà Fanie est repartie. En sortant de la boutique, elle a failli renverser un curé chargé de paquets. C'est le prêtre d'une petite paroisse de la Montagne, il a une certaine renommée pour défaire les sorts, ses obligés lui apportent tant de beurre et d'œufs qu'il est devenu un fournisseur attitré du pâtissier.

La pâtissière soupire. Qu'elle est parfois écervelée cette petite ! mais gentille et propre et elle attire bien la clientèle, les messieurs surtout. Alors il ne faut pas trop se plaindre.

Fanie passe devant la pharmacie, sans s'arrêter et frappe aux carreaux de la cuisine. Une fille de son âge, mais en robe grise et qui porte des lunettes comme une vieille femme, ouvre la fenêtre.

Fanie lui parle à l'oreille, lui glisse le papier du médecin, elle montre Jean et la fille aux lorgnons tend le cou pour essayer de le voir, hoche la tête, pouffe comme d'une bonne farce.

La ruelle monte au Village caché, un vrai hameau en plein bourg, avec ses portes ouvertes dès les premiers rayons de soleil sur une placette à poules et platanes, avec trois vieux sur le banc.

Coincée entre une grange et l'atelier du charron, la maison n'est qu'une tranche de maison, étroite, à un seul pan de toit. Mais c'est la plus haute. Fanie habite le dernier des trois étages.

Cadet hésite sur le pas de la porte. La pièce où vit sa sœur sent la soupe, la cire et le savon. Elle est petite et astiquée, peu meublée mais pleine d'objets, de chiffons et de linge.

Cadet s'y trouve sale et encombrant. Il couche Jean sur le lit qui derrière un rideau occupe tout le mur du fond. Il le couvre d'un énorme édredon bouton d'or. Au-dessus, sur le blanc du mur, entre un tout petit crucifix et une réclame de pastilles, une photographie récente montre devant un tas de pierres trois jeunes gens prenant des poses. Ils portent des hauts-de-forme et brandissent des cannes à rubans.

« Le mien est au milieu. »

Cadet regarde de plus près. Les visages sont un peu flous.

« Ah… ? »

Posé sur une plaque de tôle qui protége un plancher presque blanchi par la paille de fer, un petit poêle bas et ventru chauffe la pièce. Il doit aussi servir à la cuisine. Le tuyau tient accroché aux poutres par des fils de fer et traverse l'une des deux petites fenêtres.

Cadet s'est écroulé sur l'une des deux chaises paillées qui encadrent la table étroite. Fanie tire de l'eau d'un grand broc émaillé et la fait chauffer. Elle sort aussi une cuvette d'une étagère dans un renfoncement de mur voilé par un rideau.

Il y a des rideaux partout chez Fanie.

Cadet voit sur la table des petits romans à couvertures dessinées comme on en trouve sur les foires, et maintenant dans les merceries et les épiceries des gros bourgs. Un feuilleton découpé est relié par un fil de coton.

« La percepteuse qui me le garde quand son mari a fini le journal.

— T'es allée à l'école toi. Moi et les plus grands on n'avait pas le temps, et puis c'était pas encore obligé.

— Jusqu'après la communion, avant d'être placée à garder les bêtes. »

Il n'ose pas lui demander directement si elle a été reçue au certificat d'études. Elle penserait qu'il ne s'intéressait pas à elle autrefois et aurait raison.

« Ma Trapette aussi, elle apprend bien, elle aura peut-être le certificat l'an prochain, dit Cadet.

— Ça t'en fait combien maintenant des jeunes ? » demande Fanie.

Cadet réfléchit et compte sur ses doigts, mais l'eau est chaude, Fanie a posé la cuvette sur une caisse à côté du lit et lave le visage de Jean.

L'enfant respire difficilement.

La bonne du pharmacien pousse la porte sans frapper. Elle pose un paquet sur la table, plisse le nez au-dessus de Cadet.

« Il a rien vu. Facile, c'était que du tout préparé en fabrique. J'ai mis en plus un sirop et des guimauves, ça peut pas faire de mal.

— Je te revaudra Zabeth.

— Je me sauve, je reviendra. »

Cadet hésite, il a remis sa veste, tortille son grand béret.

« Faut aussi que j'aille… pour les chevaux.

— Vas-y. Je m'en occupe.

— Tu te donnes bien de l'entrain.

— C'est rien. Pour une fois que j'ai de la famille.

— C'est pas…

— Ça fait rien, c'est pareil. Reviens voir lundi, tu sais où me trouver. »

Fanie n'a pas allumé la lampe. On voit encore clair. Avec le coucher du soleil la pluie s'est arrêtée, les nuages se déchirent juste assez pour que la lune flambe les vieilles tuiles du clocher et les pierres taillées du grand chantier.

Les remèdes devaient être efficaces, Jean brûle un peu moins de sa mauvaise fièvre et ne tousse plus. Fanie l'a changé trois fois de chemise, les trois seules chemises de son trousseau de fiancée sans dot. Elle se donne l'impression de jouer avec une grande poupée de chiffon, et malgré son inquiétude s'amuse à la nouveauté de manier ce petit corps doux. Il mâche des mots qu'elle ne comprend pas, des mots qui ne veulent rien dire. Elle le fait boire avant d'aller aplatir un édredon de duvet d'oie sur le plancher, au pied du lit. Elle dormira là ce soir.

Demain matin, quand elle ira travailler il lui faudra demander à Toinette la voisine de monter de temps en temps surveiller ce malade. La couturière bougonnera pour la forme, mais sera bien contente qu'on lui demande la main. En ce moment même elle doit se tâter de ce qui se passe ici.

Et elle, Fanie, pourquoi a-t-elle agi ainsi, sans réfléchir ? Mais ça sert à quoi de se poser des questions, ce petit est malade, c'est tout. Elle n'allait pas le laisser repartir sur les chemins dans cet état avec ce nigaud de Cadet qui ne se rendait même pas compte de son état.

Elle voulait peut-être aussi montrer à son frère que maintenant elle a un « chez elle », et au bourg. Elle est loin la petite Fanie qui gardait la volaille et devait toujours se contenter d'un bout de lit, d'un bout de banc, d'un bout de table.

Aura-t-elle des enfants avec Pierre ? Elle retourne ses cartes, des tarots de Marseille. Combien ? Ils n'en ont jamais parlé ensemble. Pour l'instant il est tout à son métier, à ses voyages, à ses « coteries ». Dans ses lettres il raconte des chantiers et des villes, des compagnons aux drôles de noms. Que fait-il en ce moment ? Et ce petit qu'on appelle Jean, va-t-il vite guérir ? Que deviendra-t-il ? Elle retourne le Chariot, le triomphe, puis l'Hermite, la sagesse et de grands secrets, le Bateleur, c'est... Elle distingue avec peine les arcanes et c'est trop de questions. Fanie s'endort sur la table, tête dans son coude replié. Très loin Jean se cramponne aux draps et à ses rêves.

XI

Petit couteau

Le carreau de la fenêtre accroche le soleil mais reste glacé au front de Jean. Il voit, grosses comme des jouets, trois roulottes installées entre les barres du foirail. Une femme en robe bariolée et un homme tout petit entretiennent un feu.

Jean pourrait les prendre dans sa main sans cette vitre qui résiste, devient de plus en plus épaisse… Elle tourne, tourne avec les murs. L'enfant ne voit plus qu'une lumière vive et tout devient noir.

« Quéque tu fais sur le parterre, tu vas prendre froid. »

La vieille Toinette vient de poser sur la table une bouillie de farine délayée dans du lait sucré, arrosée de quelques gouttes d'eau bénite du Samedi Saint, ça peut pas faire de mal. Elle a vu Jean accroupi devant la fenêtre et gronde encore :

« Quéque tu faisais debout galipiot, tu vas vite te coucher et manger ma bouillie, y a rien de mieux pour guérir, et c'est bon. »

Elle l'a soulevé sans peine. Il se laisse porter mais continue à regarder au loin, à travers le carreau.

« Quéque tu regardes là ? Ah, c'est les comédiens d'hier… sont pas encore partis, mon Copet doit pas avoir fini de réparer leur roue. C'est pas du monde comme nous, mais c'est quand même de la pratique, et leur grand brayaud était bin honnête, il a payé d'avance. »

Elle a calé Jean contre l'oreiller, le couvre jusqu'au menton. Elle tente de glisser entre ses dents la pâte blanche et un peu trop chaude qu'il ne peut avaler.

« Faut mingeâ pour guéri. T'as rien manqué va, des ménageries j'en ai vu des plus belles à Moulins. Mange, là, si t'es pas sage y vont te mener dans leur carriole. »

Toinette a pris très au sérieux son rôle de garde-malade en second, monte l'escalier au moins quatre fois chaque matin. Quand on peut donner la main… Et cela donne à raconter aux clientes, bien qu'elle soit déçue du silence de Jean :

« Il est bien malade ce chtit, mais ce n'est pas une raison, il pourrait au moins se plaindre, demander quelque chose, comme tous les chtits. Non, il vous regarde comme si vous n'étiez pas là. La fois d'après il pose ses drôles de yeux sur vous comme s'il voulait vous faire en peinture. »

Depuis quelques temps l'avant-dernière marche de l'escalier souffre beaucoup elle aussi. Elle s'était habituée aux pieds légers de Fanie et de la Zabeth du pharmacien, se résignait au trotte-menu de Toinette mais elle commence à lâcher sous les visites des bottes de Lebrou et le poids de sabots inhabituels.

Toinette s'est mise en retard. La robe à col blanc et boutons noirs de la grainetière n'est pas terminée sur le mannequin d'osier cambré. Posée sur la commode de noyer qui sert de range-tout, sous son arc de fleurs et son globe de verre, la pendulette affiche déjà cinq heures de la soirée, et Toinette n'aime pas travailler à la lampe. Alors la robe attendra. À trois commères du bourg, Toinette sert une tisane de tilleul, celui de la petite place. Elle tient la gazette des choses d'en haut.

Ce gamin en reçoit des visites ! La couturière a croisé le frère de Fanie, qu'elle trouve bien rustaud, puis Gaille, le grand voiturier de la poste de Lapalisse parlant fort, accompagné par un drôle de petit vieux tout usé, tout plié.

Malgré ses discrets efforts Toinette n'a pas très bien compris les liens de parenté entre le petit et ce vieillard du Forez, Piassou comme l'appelait le voiturier. Il a parlé d'une Mélie qui ne pouvait pas venir à cause de ses douleurs et de son filet des reins sauté. Et la tailleuse ajoute :

« Fait comme ça et à cet âge lui aussi ne devrait plus voyager, surtout avec le char du Gaille, sous peine de finir de se casser la barre du dos en route. »

Le vieux avait tendu à Jean un bonhomme en pain d'épice et un petit couteau fermant à virole, avec poinçon et manche de bois décoré d'une marguerite, en lui demandant : « comme on dit, faut que tu m'donnes un sou, pour pas que ça coupe l'amitié. »

Quelle idée ! Est-ce qu'un chtit comme ça dans les cinq six ans tient un sou dans sa poche, surtout en chemise et au lit ! La Fanie en mourait de rire. Elle avait donné une petite pièce percée au chtit pour qu'il paie son couteau. Mais lui ne voulait rien savoir, serrait le sou et le gouyat dans ses petits poings, ne voulait rien rendre, s'était mis à pleurer comme la font de sainte Madeleine. Quelle histoire ! Le vieux en était tout peiné, disait « ça fait rien, tout ça c'est juste des contes de bonnes femmes et puis la pièce tu me la donneras quand tu seras plus grand, ça fera pareil ».

Par contre le chtit a vite appris à s'en servir du couteau. Le lendemain le bois du lit était tout taillé, mais tout juste si la Fanie a grondé. Quelle affaire !

Enfin, il a l'air de se guérir de sa punésie, lui reste juste une grosse toux rauchouse. Il devrait repartir après la prochaine foire. Je m'étais quand même habituée.

Le petit couteau a un effet rapide sur l'état de Jean, la lame grignote la fièvre qui semble partir en copeaux en même temps que les morceaux de bois.

En s'occupant les mains Jean retrouve le goût de la santé. Fanie et Toinette craignent qu'il se blesse. Mais si Jean a vite oublié le sou troué, perdu dans les draps, il s'obstine à ne pas lâcher le couteau, dort en le serrant dans son poing, entre dans une terrible colère si on fait mine de lui prendre.

Il a trouvé de lui-même comment bloquer la lame, a découpé d'abord proprement son bonhomme de pain d'épice en morceaux minuscules avant de s'intéresser à tout ce qui est à sa portée. Jean tient le manche avec l'assurance d'un vieux berger. Fanie en est un peu rassurée, mais pour ménager ses meubles lui propose les bûches fendues du chauffage.

De la pointe il trace d'abord une série de traits, toujours les mêmes, répétés jusqu'à couvrir la bûche, puis comme sous une dictée intérieure des lignes, des zig-zags, des croix, de vagues échelles, des ébauches de carrés, des presque cercles, des signes se suivant, se chevauchant jusqu'à recouvrir toute la surface.

Il abandonne alors le morceau de bois sans plus s'en préoccuper et entame une autre bûche. Rien ne peut l'arrêter, il y passe des heures, grognant quand la petite lame ne parvient pas à entamer une masse noueuse, riant devant un signe que lui seul trouve réussi. Ce trait revient alors plus souvent que les autres.

Fanie imagine lui apprendre ainsi l'alphabet. Autant que sa marotte devienne utile, approuve Toinette. Elles lui montrent le A, le B et le C, mais n'iront pas plus loin. Jean les ignore, il ne reproduit rien d'autre que ses figures imaginées, peut-être venues du fond de la mémoire des âges. Avec un éclat de sapin quelques jours plus tard, il découvre par hasard le relief, s'applique à rendre la bûchette régulière, mais ne parvient qu'à la tailler pointue d'un bout et arrondie de l'autre. Fanie trouve à ce tronçon une forme de petit sabot :

« Ça ressemble un sabot. T'as chapoutâ un sabot ! »

Accroupie, elle lui montre côte à côte les siens et la bûchette.

Jean sourit, pose pour la première fois sa tête sur les genoux de Fanie.

Tête et bras nus, le chignon enfariné, Fanie sort de la pâtisserie, pour elle le gros de la journée est passé. Un tour de foire, puis une heure ou deux de boutique et elle sera libre.

Elle pose la main dans les cheveux de Jean, demande :

« Sage ?

— Oh ça... répond Toinette, et c'est pas lui qui va réclamer quelque chose, ça ! et il suit. »

Jean ne risquait pas de la perdre dans la foule, fidèle à la tenue de sa lointaine jeunesse moulinoise Toinette a pour cette sortie coiffé le chapeau à deux bonjours, il flotte comme un bateau de paille sur les vagues blanches des coiffes montagnardes. L'enfant s'accroche maintenant au tablier de Fanie. Elle en tire des morceaux d'une brioche, un peu brûlée sur le dessous, en donne un à Jean, un autre à Toinette et mord dans le troisième.

Il leur faut maintenant rejoindre Cadet, venu avec ceux de Lanarce, le retrouver près des parcs aux porcs, en bas de la place, entre la bascule des Roannais et la route de Laprugne.

Là, avec le bétail commence le domaine des hommes, un lent mouvement montant et descendant des blouses de chanvre écru ou bleues piquées de fil blanc, des gourdins de noyer ou de buis et des chapeaux de feutre noir, de larges bérets. En quelques points cette pâte semble buter, s'immobiliser en masses plus serrées qui se défont pour se reformer un peu plus loin.

En remontant vers la route de Ferrières on trouve les moutons, présentés par lots de dix ou quinze, puis les veaux, les vaches et quelques bœufs attachés en rangs à de longues barres de fer. Au bord du ruisseau de l'Almanza où barbotent les canards on se bouscule autour de la guérite de la bascule à plateau pour peser le bétail. Mais on ne pouvait pas manquer les gens de Lanarce, autour de Naude et sa peau de bique en conversation ferroviaire avec Chabrol, le maire du Mayet, encore en grand uniforme de sous-lieutenant des pompiers.

On voit Cadet, le béret bien enfoncé mais tiré vers l'arrière, signe d'une gaieté commençante. Un sac de grosse toile encore vide pend à son bras. Appuyé sur un bâton, Valas le tailleur de mouches, venu vendre son miel, reste fidèle au vieux costume de la haute montagne, veste blanche à basques aux quatre rangs de boutons en métal portée sur le gilet rouge. Son jeune fils Jules s'encombre d'un porcelet couinard. Pajean tire sa marmaille et porte un fer de hache dans un linge.

« Te v'la le Jeanni !

— C'est ton dernier parisien là, Cadet ? Celui qui était pardu, et bin il a bonne mine. »

Martin Charrier étrenne un costume clair à veste d'alpaga, il tient à faire savoir qu'avec son frère, le Naude, ils viennent d'obtenir une commande d'échelles et de sabots pour Paris. On l'écoute distraitement.

Martin remarque Fanie près de Cadet, on lui dit qui elle est.

« Tu nous l'avais cachée Cadet, c'est pas possible qu'un vieux pou de barrique comme toi il ait une sœur aussi gintâ. »

Et comme Fanie pouffe et lui rend son regard, il se croit autorisé à la serrer de près, à dénouer le nœud de son tablier, comme il le ferait à une servante d'auberge.

Martin a le temps de voir le visage de Fanie se fermer, et sa main se lever, il ne peut l'éviter. Claacc ! Martin a reculé sous le choc mais Jean glissé dans ses jambes comme un chiot fou le fait trébucher dans la bourbe, à quatre pattes avec les cochons. On se moque, on l'appelle comme on fait aux gorets.

« Quié, quié, quié, p'tit gouri, p'tit gouri.

— Faut le peser, faut le peser.

— L'est pas bien gras le corin, on les nourrit à la paille et à l'air pur amont.

— J'en donne six sous, pas plus.

— Au lavoir !

— Quié, quié, p'tit gouri. »

Sale, puant, furieux, aveuglé par la boue, bousculé par les bêtes, Martin s'est péniblement relevé, s'éloigne en montrant le poing aux moqueurs. Pour lui la foire est terminée et son beau costume perdu.

À l'autre bout de la place et aux cris de « Musca ! Musca ! » on a hissé Léo la Viene sur une table, pour le bal de midi qui marque la fin de la foire. Il s'installe, ajuste la vielle ronde de Jenzat sur ses genoux écartés, lisse la longue barbe blanche étalée sur sa blouse, pousse son chapeau rond vers l'arrière et ses lunettes vers l'avant.

Le vielleux tape du pied comptant « oun, dou, tré » et poignet souple attaque :

« Que venez-vous charchâ
Lou gars de la montagna…
Que venez-vous charchâ
Les filles n'y sont pas
Elles sont étâ dinsâ
Din lou pays d'en bas… »

Jean va rentrer à Lanarce avec Cadet dans la carriole de Naude mais cette fois assis à l'avant. Il y a trop à faire là-haut pour s'attarder.

Fanie s'est penchée sur Jean, l'embrasse deux fois sur chaque joue, le serre.

« Tu penseras à moi quand tu seras derrière les grands bois ? Regarde-moi, non ils sont pas noirs tes yeux, là on dirait qu'ils sont bleus, mais bleus comme… comme la nuit. Va, vitamint te revindrâ. »

XII

L'enfant meunier

PENDANT SON ABSENCE Jean est devenu un héros de préau, une légende de cour de récréation fondée par Tiennon, entretenue par les garçons du cours moyen. On ne sait ce qu'avait pu raconter Cadet, ni ce qu'en avait compris Tiennon, mais la fugue de l'enfant dans le char de sabots et jusqu'à la gare la plus proche devint audacieuse évasion, intrépide bourlingue.

Ils avaient beau apprendre laborieusement tous les départements français, les fleuves et leurs affluents, rive droite après rive gauche, ces leçons restaient images d'école, territoires de papier. Leur carte du monde réel n'avait que deux continents. Les frontières du premier se dessinaient du côté de la Besbre et du Mayet. Le second englobait tout le reste, Roanne, Vichy, Moulins, le train, Charlemagne et les cannibales aussi bien que Paris et l'Amérique.

Et le Jean des Rousset, le frère de sang du Tiennon, « si, si, il l'a dit », connaissait tout cela des yeux ! Quand il rôdait au bourg bien peu l'avaient seulement remarqué, aujourd'hui on se battait pour être son cousin. Hier encore il sauvait une princesse blonde des griffes des peaux-rouges, affrontera demain les pirates sur les mers d'en bas. Les enfants de la laïque n'étaient pas loin de chercher la trace de Jean sur les monts de la lune.

À dix ans, on ne sait pas si Tiennon tiendra du père ou de la mère, plutôt maigre de pattes il se fait dodu du haut, rond de visage. Un épi s'obstine à pousser de travers sur son crâne malgré les passages répétés de la tondeuse. Dès les premiers soleils ses joues se piquent de taches rousses, ses culottes encore courtes sont petassées d'innommables étoffes. Mais on le voit grand, fort, et s'il n'affectait pas de mépriser les filles du cours moyen elles le trouveraient beau, car coiffé du prestige de Jean. Il fut son intime, reste son messager. Il suffit qu'il parle pour qu'on le croie, et que l'on en rajoute.

Quand Jean fait son entrée dans Lanarce sur le char du triomphe et du Naude, à l'heure de la sortie des classes, tous sont un peu surpris de le retrouver si petit. Personne n'ose en faire la remarque. Un sceptique se raccroche à deux longs cheveux aperçus sur l'épaule du minuscule héros. Ceux de la princesse, bien sûr.

La gloire de Jean ne tient plus qu'à deux fils blonds, mais va durer près d'une semaine. Le début de l'été livre provisoirement les enfants à leur fantaisie, le maître se consacre aux trois grands en espérance de certificat d'études et les travaux des champs ne sont pas encore assez avancés pour confisquer leurs bras.

Jean est l'idole captive, le saint de bois que les tribus en tabliers se disputent et trimbalent, l'invité forcé de tous les jeux. Pendant quelques jours.

Que l'aventurier ne conte rien de ses exploits n'est pas trop gênant, on les connaît déjà. Qu'il s'exprime, rarement, par « ha, han » ou « ki, ka » est tout à fait naturel pour un qui revient de si loin. Mais ça lasse.

Malgré tout Tiennon croit encore tenir sa revanche sur Gilbert, le plus grand des parisiens d'Eugénie. Gilbert qui le domine de deux têtes et d'autant d'années, abuse de sa force au chemin du Diable et à l'épervier, clame qu'il ne sera jamais saboutchè, ni bounhoume au tchou de la vache, lui. Ses parents, « t'en as pas ! c'est pas vrai ! si c'est vrai ! », ses parents ont une fabrique en ville avec un miyard d'ouvriers. Il sera chef, avec une casquette.

Depuis au moins trois générations, on joue à la carotte au pied du petit talus face à la maison de Mal-Garni, ici et pas ailleurs. On se mesure en duel ou par équipe, mais jamais Tiennon n'a pu battre Gilbert.

L'un des garçons sort son couteau, déplie la lame à l'équerre du manche. Il le pose sur le sol, bien droit, la pointe à peine piquée dans la terre. D'une pichenette sur le manche, les garçons, l'un après l'autre, tentent de le faire tourner en une sorte de pirouette. À plat, c'est zéro, « va jouer avec les filles ! ». Assez adroit pour le faire retomber dans la même position, lame toujours piqué dans le sol, on gagne dix points. Pointe vers le ciel, on emporte cent d'un coup et peut-être la partie. Mais si le couteau penche légèrement sur le côté, le coup n'en vaut plus que cinq. Les discussions, l'œil à ras-terre sont vives. Une fois encore Gilbert met tout le monde d'accord d'un coup sec du poignet et du pouce. La lame semble se déplier seule en une brève ruade : pointe en terre, manche droit vers le ciel et ça vaut « un mi-i-yard ! ! », son chiffre favori.

Seule une pointe vers le ciel, bien droite manche tout enterré vaudrait plus : un miyard de miyards. C'est beaucoup, mais le coup est difficile.

Tiennon a remarqué l'habileté des mains de Jean à manier son nouveau petit couteau, le prend comme équipier. Il lui a bien fait la leçon, veut croire en son champion.

À Jean ! Le dernier carré d'écoliers idolâtres se resserre, un tambour roule dans les cœurs. À Jean ! mais qu'est-ce qu'il fait le Jean ? il déplie complètement la lame, le couteau tourne entre deux doigts, et zac ! se plante droit, hors de propos. Jean veut bien jouer à leur jeu, et même avec leur couteau à eux, mais avec ses règles à lui. Mais non, c'est pas comme ça la carotte ! On replie le couteau à demi, on le cale, on lui tient la main, comme ça et… fla et reflap…

C'est « va jouer avec… »

Écœuré le carré se défait. Le soir même Tiennon capture une jeune pie. L'aile un peu brisée n'enlève rien à la valeur de l'exploit. Il l'attache par la patte. Et une ajasse furieuse au bout d'une ficelle intéresse autrement qu'un revenant incapable !

Si Jean était un vieux sage, il saurait que l'on est toujours aimé, admiré, haï ou délaissé pour de fausses raisons. Mais il est un tout petit enfant avec pour seul besoin qu'on le laisse un peu à ses rêves et son couteau.

C'est fait.

Il aimerait aussi retrouver son tas de copeaux face à la saboterie. Impossible, la fabrique et une bonne partie du bourg deviennent pour lui terre interdite.

Depuis le retour de foire où il a fait une mauvaise chute de cheval, Martin se plaint d'une douleur à la croisée des reins. Lebrou appelé par Marie-Louise et Mal-Garni le gougneur consulté par Naude l'ont vite remis sur pied, sur un seul. La hanche reste bancale.

Pour Martin, tout est de la faute de ce chtit de chez le Cadet. Sans cette glissade au Mayet dans la boue des cochons, il ne serait pas rentré seul furieux et crotté, trop vite sur un cheval encore mal connu et par un chemin de traverse où l'on ne passe guère. Il n'aurait pas attendu de l'aide en bas d'un gour, tout un jour, toute une nuit.

Ce n'est pas encore demain qu'il courra les foires, à peine s'il peut marcher de la saboterie à l'auberge et retour. Il boit trop pour calmer ses douleurs, oublier son ennui, entretenir sa rage. On ne veut plus de lui à la forge, il fait trop de scandale et tout bon client et frère du Naude qu'il soit, on préfère le voir ailleurs.

Martin passe ses nuits chez les Bertaudes et ses journées assis devant la fabrique.

Il jure que « ce chtit sorcier de racourchat mâchuré l'a fait exprès. Qu'il ne s'avise pas de venir rôder par ici ».

Jean s'est un temps replié sur la maison du bout du bourg. Quand le temps est au beau, il s'amuse des premiers pas de Clémentine. Tenue sous les bras dans une sorte de tabouret à roulettes et sans fond, elle cahote sur la place. Elle s'enhardit jusqu'au seuil de Quat'Gobilles, la plus proche voisine, une petite bonne femme sans âge, quasiment veuve de naissance, au regard effacé par d'épaisses lunettes rondes cerclées de fer.

Clémentine s'attarde à la fontaine. Jean lui taille un petit moulin, une tige à lamelles de bois posée sur deux branchettes fourchues. Il tourne sous l'eau coulant des bachasses, éclaboussant la fillette qui rit et tente d'attraper les gouttelettes d'une main, l'autre toujours cramponnée à son chariot.

Quand il pleut trop, il n'y a guère que contre l'horloge aux dorures fanées, et sous la table, accroupi sur le sol de terre battue, que Jean peut être tranquille, et encore ! Génie l'en chasse car avec son petit couteau il taille les pieds de la table déjà bien entamés par l'humidité.

« An ! Aan ! on le sait que t'es Jean ! Jean comment ? Jean le Bourri, Jean la Gournille ? dit ! » le bouscule Génie, exaspérée.

Elle s'aperçoit très vite qu'il a un rapport particulier avec les choses de la vie. Il est simplement incapable de tout.

On l'envoie chercher le baou, c'est du bois vert ou mouillé qu'il rapporte. Va-t-il aux œufs, il en casse. Il ne parvient jamais à traire les chèvres, mais pour se gaver de lait sait imiter le chevreau, il se glisse entre les pattes des biques et tète à même les trayons en donnant des coups de boule dans la mamelle.

Cet été, alors que les enfants faucillent au voulant de nettes brassées à leur taille, lui massacre les épis de seigle, le grain se répand à terre. On l'envoie garder oies ou moutons des voisins, il en manque toujours lorsqu'il revient.

Il n'y met pas de mauvaise volonté, accepte de faire ce qu'on lui demande, mais Génie lui demande le moins possible. Jean ne déteste pas les choses de la terre, il a en face d'elles une attitude avant tout contemplative.

Il préfère courir la forêt, souvent avec Chabouni le chien. Génie se lamente, mais supporte : la question des papiers semble réglée, le mois de Jean est régulièrement versé par Mélie qu'elle appelle maintenant « la dame de Renaison ».

Jean préfère la forêt, ses fayards et ses sapins, aux champs humides et aux pacages. Dans les bois on rencontre toutes sortes de gens intéressants : bûcherons, scieurs de long, charbonniers. La loge des sabotiers et son activité surtout l’attirent. Il ne regrette pas la saboterie du bourg, ici l’on voit beaucoup mieux. Il passe des journées immobile et caché à épier leurs gestes. Il peut aussi rester des heures dans un fourré à guetter les oiseaux.

En octobre on l’envoie à l’école, puisqu’il le faut, et qu’il est régulièrement inscrit sur un registre rangé dans un placard de la mairie. Inscrit sous le nom de Jean Blan (ce soir-là Cadet et le Naude aussi manquaient singulièrement d’imagination) avec sept ans d’âge pour faire bonne mesure, né à Renaison. La mention marginale *« buletin de néssance présenté et pardu »* intrigua Monat le nouvel instituteur. S’il savait que Gisèle tenait la plume, il comprendrait son échec au dernier certificat d’étude.

Monat ne voit pas Jean très souvent, et quand il le voit, ça ne vaut guère mieux. Il vient s’en plaindre à Génie. Elle trouve que ce nouveau maître d’école ressemble beaucoup à l’autre. Ce grand garçon vêtu de sombre a le même chapeau melon, les mêmes joues rasées du matin, les mêmes mots de lois républicaines. À se demander pourquoi on les change. Comme l’autre lorsqu’il manquait parfois un ou deux de ses grands appelés à des travaux plus urgents, lui aussi ronfle :

« L'école est laïque, gratuite, et obligatoire, o-bli-ga-toirrre ! »

Mais là Génie peut protester en toute bonne foi qu'elle ne retient pas Jean, que de toute façon il est bien incapable de l'aider en quoi que ce soit.

Monat le fait épier, se renseigne et revient deux semaines plus tard :

« Qu'il fasse le renard, je comprends. Je peux comprendre, moi-même j'ai fait parfois l'école buissonnière au printemps, comme tous les enfants. Mais lui renarde plus souvent que les autres et pour ainsi dire tous les jours. Quand il daigne venir dans mon école c'est pour s'asseoir près de la fenêtre ou du poêle, et il reste là, plus raide et plus sourd qu'une bûche. Peut-être vient-il se reposer de ses escapades ? Il ne me répond même pas, je ne suis pas certain qu'il se soit aperçu de mon existence… Ah, j'ajoute, on l'a vu rôder autour des écoles de Saint-Nicolas et de Saint-Clément, c'est étrange. En tout cas il a de bonnes jambes. »

« Gara te le lou ! »

Génie menace du loup. Mais le dernier de la Montagne est empaillé depuis près de dix ans et pour l'éternité dans une auberge des Biefs. Elle invoque le loup-garou, le vieux, le croque-mitaine, l'ogre, le Diable, et, personnage fabuleux de la ville : le commissaire de police. Effrayant !

Et inutile. Les chemins de la connaissance scolaire et ceux de Jean semblent tout à fait parallèles, ils ne se croiseront jamais.

« Hè maôni ! »

Il n'est pas haut ce meunier poussant la mule chargée de grains, pas vieux non plus. Un enfant à dégaine de petit homme. Il ne porte pas des culottes s'arrêtant aux genoux comme tous les garçons de son âge, mais de vraies brayes d'homme, trop larges et coupées à hauteur des chevilles, ravaudées dix fois et retenues à la taille par une ceinture de laine. Sa chemise, trop large elle aussi, garde dans les plis des traînées grises de farine. Sabots pendus autour du cou, Vincent marche pieds-nus.

Au Moulin-Jury, où l'on est meunier depuis quatre générations de Bécaud, son père est mort tragiquement. Revenant de la foire, trop pressé par l'ouvrage, il entra aux machines sans avoir quitté sa blouse. La grande courroie de la roue accrocha l'étoffe flottante, entraîna le meunier et le cassa en deux. Gabrielle, veuve à trente ans avec trois orphelins, embaucha un aide et prit la direction du Moulin-Jury. La meule meurtrière devait continuer à tourner pour le pain du pays.

Vincent est l'aîné, le chef de famille. À dix ans, le jeudi, et souvent après la classe les soirs d'été, il assure les tournées de farine de seigle ou de froment dans les hameaux. Il part sur les chemins, sa mule bâtée de trois ou quatre sacs. Il se débrouille pour livrer à Saint-Clément avant la classe, de façon à rendre doublement utile son trajet du moulin au bourg. Après avoir fait décharger les sacs par les clients, Vincent se dirige vers l'école, attache la mule à un arbre devant les fenêtres et entre dans la salle avec sur l'épaule le fouet qu'il jette crânement sur une table avant de s'asseoir.

« Hé maôni, fier comme char à banc ! »

Ce jeudi le petit Bécaud monte de la farine à Lanarce. Il livre chez Quat'Gobilles. La petite myope et Vincent peinent pour décharger le sac, le tirer dans la maison.

Jean, assis sur la fontaine, fait des vagues avec ses pieds dans la bachasse. Pendant que Quat'Gobilles offre à Vincent un morceau de pain et un bol de lait de chèvre, la mule attend seule devant la porte, remuant les oreilles pour chasser les mouches. Jean s'approche, doucement, c'est la mule de l'autre école, il la reconnaît. Elle penche la tête comme pour voir l'enfant de plus près.

Jean pose sa main entre les deux oreilles. D'un grand coup de langue, la mule débarbouille le visage de l'enfant qui grimace. Toutes dents dehors la mule semble rire silencieusement.

Le manège se répète deux ou trois fois, interrompu par Vincent qui doit rentrer au moulin.

« Hiouk, Hiouk, Hao, Rrrru yo. »

Mais la mule refuse de partir. Vincent tire, pousse, jure, flatte, agite son fouet. Rien à faire, elle ne cède pas, ne veut rien savoir, pattes tendues et sabots collés au cailloux, elle veut rester là. Le petit meunier a une grosse envie de pleurer. Il regarde Jean qui lui non plus n'a pas bougé, il réfléchit quelques secondes :

« Monte dessus toi, moi je tire. »

Lestée de Jean, la mule avance. Vincent demande :

« T'es qui toi ?

– An, Ahan…

– Hein ? Qui ?

– Ahan…

– Pas étonnant que tu lui plaises à la Poulotte. Tu parles comme elle. »

Quinze jours plus tard, avec la mule pour seul témoin, Jean et Vincent échangent l'antique et enfantin serment secret du soleil.

La peau du cou pincée de la main gauche, ils se frappent trois fois la poitrine avec la paume de la main droite et regardent le soleil de face, le plus longtemps possible, jusqu'à ce que les yeux se mouillent. Ils n'ont pas besoin d'en dire plus, ils sont amis. Dès que Vincent a un peu de liberté il retrouve Jean dans la forêt.

« Gara te le sinliâr ! » avertit Vincent.

Le danger est bien réel, toute proche de Jean la mère sanglier grogne, elle pourrait charger. Non, elle rassemble ses petits cochons rayés et s'éloigne en fracassant un fourré.

Ils craignent plus encore la vipère rouge, ne se sentent pas assez hardis pour lui casser le dos d'un coup de baguette comme le font certains. Encore moins de la saisir vivante au bout d'une branche fourchue.

Ils préfèrent rencontrer le lièvre et le loir dans la hêtraie, la belette en quête de serpents et même le renard cherchant des rats pour son midi, des fruits sauvages pour son quatre-heures, un levraut pour son dimanche. Ils ne se lassent pas des chevreuils broutant dans les taillis et buvant en été dans les fossés et sur le bord des tourbières.

Jean aimait regarder les oiseaux. Avec Vincent il apprend à les reconnaître. Ils en font les personnages d'un Guignol emplumé. La grive se gave du gui des pommiers, de myrtilles et des boules rouges du sorbier, elle annonce le froid en répétant *« frais au cul, frais au cul »* avant de partir vers la chaleur.

Ils se promettent d'en retenir quelques-unes au pays, dans leur estomac. Ils s'amusent du geai, garde moustachu à gros nez et manche galonnée de bleu, hurlant dès qu'on pénètre sur son domaine mais disputant le grain aux poules.

Il se moquent du pic noir, ce tâcheron en habit fait le fier avec un chapeau rouge, très haut dans le tronc des sapins, il a donné à l'ouverture de sa loge la forme d'une entrée d'église. Sa femme est négligente, en volant le pic noir se plaint de repas jamais cuits et gémit. *« cru, cru, cru ».* Sans ce cri on pourrait le confondre de loin avec la corneille, un corbeau qui va seul ou par deux.

Les vrais corbeaux, crôs ou grôles qui vont en bandes, sont les perdrix de scieurs de long et présagent du reste de la journée selon qu'ils viennent de la droite ou de la gauche. La jasse, veuve à chemise blanche, ragote de tous les autres oiseaux, elle peut se faire familière mais c'est pour mieux voler tout ce qui brille.

Vincent dit que dans sa vallée on écoute chanter à la nuit le rossignol roux. Toujours près de terre, on ne le voit guère, mais il chante très doucement *« Pousse, pousse, pousse »* puis très vite *« j'dormirai pus, j'dormi-rai pus, j'dormirai pus »*, et cela depuis qu'il s'est endormi sur une vigne, se retrouvant au matin prisonnier des vrilles.

Vincent nomme buse ce qui peut aussi bien être bondrée, autour, busard, épervier, faucon, mais les deux enfants mettent un de ces oiseaux chasseurs bien au-dessus des autres. Ils portent une admiration effarée au Jean-le-Blanc.

« S'appelle comme toi !

— Ha ! »

Jean-le-Blanc est une très grande buse blême rayée de sombre, rare et nichant au flanc d'un ravin boisé. Avec un peu de chance on peut le voir en été, au-dessus de la ligne de crête, surgi de nulle part et comme accroché au soleil, immobile, tête penchée, guettant un serpent. Il relève alors ses ailes et par descentes successives se rapproche doucement du sol. On le voit tomber brusquement sur sa proie, l'immobiliser entre ses serres. Il tue d'un seul coup de bec, avale vipère ou couleuvre tête la première et s'envole aussitôt, la queue du serpent pendant encore hors du bec.

Jean a commencé à chasser avec un arcelet, la tige de noisetier courbée par une ficelle tirait des flèches trop légères qui se perdaient dans les branches. Son nouveau pigot, une fourche de frêne montée d'un précieux morceau de caoutchouc, projetant des cailloux, est maintenant plus efficace.

Un jour de neige, Vincent lui montre comment tendre le plus simple de tous les pièges, le bara. Ils ont repéré un coin de terre où viennent les oiseaux, l’ont soigneusement balayé. Ils portent une lourde planche et l’installent, tenue inclinée par un morceau de bois muni d’un lien de chanvre. Vincent a dans sa poche une poignée de grains de seigle qu’ils répandent sous la planche. Le cœur battant, se retenant de rire, de bouger, bien cachés par un large tronc, ils surveillent.

Jean tient la cordelette et Vincent tient le bras de Jean.

Un merle noir bien gras s’est posé près du piège. De son bec jaune il pique la terre découverte, il s’approche du tas de graines, s’en éloigne. Le merle est sous la planche, il suffit de tirer la ficelle pour qu’elle s’abatte sur l’oiseau noir.

« Tire ! »

Le merle n’a laissé que quelques plumes et s’enfuit de travers, indigné. Demain, ils auront plus de chance. Il faut juste savoir attendre.

Naude n’eut pas à attendre la mort de Désiré Becouze pour nouer l’écharpe tricolore. Le vieux maire, à demi paralysé du côté droit, devenait incapable de monter sans aide jusqu’à la salle des réunions au-dessus de l’école. Mais veuf, sans rien d’autre pour remplir ses journées il s’obstinait à garder au moins son titre et un semblant de regard sur les affaires de Lanarce. Il se cramponnait, voulait tenir jusqu’aux élections municipales encore lointaines.

Un matin il n'a plus que l'usage de la parole et de la main gauche. Marie-Louise le visite plusieurs fois par jour, aux petits soins, le nourrit de gouères crèmeuses, de sourires, de liqueurs sucrées, lui parle du vieux temps.

Elle réussit à le convaincre qu'il sera mieux chez son aîné, à Périasse, maintenant territoire de la nouvelle commune de la Chabanne. Il lui faut démissionner, pour la forme, mais pour tous il restera le maire, elle et Naude viendront le voir souvent, le tenir au courant, lui demander son avis. Il peut y compter. Promis.

Chose faite elle mène campagne de tête-à-tête avec toutes les femmes des élus communaux et une bonne partie des autres. Elle flatte son monde, a des arguments pour chacun, rappelle aux uns les liens de famille, parle aux autres du travail qui pourrait bien manquer à la fabrique si les conseillers ne désignent pas Naude.

Pas une seule voix ne manque. Devant la maison de Naude, Lanarce hisse le mai, avec un drapeau sur le mât de sapin, et le vin coule si généreusement que la commune est sûre d'avoir trouvé le maire qu'il lui faut.

Les saisons germent et meurent, s'éparpillent en poignées sur la Montagne. Jean grandit lentement.

XIII

Creuse petit !

« TE VEUX L'HACHON ? »

La hachette au bref manche courbe pèse beaucoup trop aux petits bras de Jean, il a deux fois tenté de la lever et sans pouvoir la guider la laisse retomber.

Elle glisse le long du plot, le tranchant en demi-lune planté dans l'herbe, à ses pieds.

La hêtraie se referme sur cette hache trop lourde. Bien au-dessus des têtes, très haut, un pic noir tambourine une moqueuse retraite sur un tronc de sapin. Une petite goutte d'eau roule sur le nez de Jean.

Coquelicot plus rouge encore qu'à son habitude tape dans le dos d'un Tire-Vinaigre lui aussi écarlate.

« Heu ! aheu, vaaheua… »

Il s'étrangle plié en deux, s'appuie contre les branches de la loge, une toiture de feuilles à deux pentes qui leur sert d'abri. La face plate du sabotier passe au pourpre. Il se calme, s'essuie les yeux. Faussement solennel, Coquelicot ôte son bonnet de laine, s'incline en une révérence de carnaval et prend à témoin la compagnie :

« Oh le biau môssieur l'aime pas chapouter, il jette le cougné, l'a raison le chtit môssieur, c'est qu'un travail de bûcheron de chapouter, hein le Yèbre… »

Le vieillard interpellé continue à tailler un billon sans rien changer à sa cadence. Entre indifférence et désapprobation il se contente de marmonner, à peine si la pointe de ses oreilles rosit sur le mouchoir noué aux quatre coins qui lui sert de coiffure.

Les autres sabotiers se tapent sur les cuisses, sans vraie méchanceté, tous ont subi un jour les farces des compagnons plus anciens, les occasions de rire ne sont pas si fréquentes en forêt, et ce chtit gars-là, pas plus épais qu'un loir à la sortie de l'hiver, il voulait vraiment toucher aux outils, comme s'il n'avait pas encore le temps de travailler. Il a vu.

Coquelicot tente de se souvenir où il a bien pu déjà croiser ce gars mâchuré. Bah, quand on n'en a pas, tous les enfants se ressemblent. Mais quand même, celui-là… à Laprugne, à Lanarce peut-être. Qu'importe, Coquelicot se sent en verve, il tient son succès, ne va pas le lâcher :

« Le biau chtit môssieur préfère peut-être le paroir, c'est plus délicat.

— Oui, le plane, baille-z'y.

— Gara, ça coupe. »

Jean voudrait s'enfuir, retourner se cacher, très loin, mais la longue lame accrochée par un anneau au rondin servant d'établi l'attire.

Ses mains n'ont jamais touché ce grand couteau mais il sait exactement ce qu'il faut faire pour transformer le quart de bûche à peine dégrossi en un sabot presque terminé. Il a si longuement observé les gestes nets et mesurés des sabotiers qu'il est sûr de les avoir fait mille fois déjà.

Il saisit la poignée dans sa main droite et de l'autre met en place l'ébauche qu'on lui tend.

Coquelicot se tient derrière lui, prêt à intervenir.

Au premier mouvement, Jean prend conscience que sa main est bien petite, son bras bien court. La lame réagit en mouvements insoupçonnés.

Jean ne parvient pas faire le geste franc du pareur, il sent que le bloc de fayard résiste beaucoup plus qu'il ne l'avait pensé lorsqu'il observait les compagnons racler le bois comme une motte de beurre. Mais en même temps il retrouve le grain du bois révélé par le tranchant du fer, comme lorsqu'il taille ses bonshommes avec le petit couteau du Piassou.

« Qu'est-ce que vous faites, c'est pas la journée d'saint René aneut. »

La voix gronde sous le taillis. Gervais Sennepin débouche du sentier, barbe en avant, sa courte veste est déboutonnée, sa casquette tangue, il remonte ses brayes en ajustant la ceinture, geste d'autorité. Il a vu l'enfant maniant le paroir, regarde les sabotiers qui baissent le nez en ricanant, grommelle :

« Qui c'est ? Va se coupâ le dé… »

Il veut arrêter la plaisanterie. Coquelicot le retient.

« Laisse faire l'Amirau, avise-le. »

Autour de Jean les noisetiers, les sorbiers, les châtaigniers, les hêtres surtout peuvent bien se faire beaux, parader de toutes leurs couleurs d'automne, du safran au roux, de la cerise à l'écrevisse, l'enfant ne voit plus rien d'autre que le fil de cette lame captive glissant sur le bois, le bois de ces mêmes fayards, coupé, écorcé, à demi-séché, débité mais encore vivant.

Les sabotiers font cercle et lui les a oubliés.

« Va nous faire des sabiots de reine, ironise l'un.

— Y a pus de reine, et al a pas de sabots », répond l'autre, juste pour le contrarier.

Le Yébre lui-même a cessé de chapoter, il s'approche, hache à la main, de l'autre il frisotte machinalement les mèches jaunâtres qui dépassent de son mouchoir, son unique œil au bleu délavé va de Jean à Coquelicot, de Jean à Sennepin.

« Ça… »

Le résultat est lamentable, mais ressemble sans contestation aucune à un sabot encore plein.

Les hommes ne rient plus du tout, ne savent que penser. Il n'est pas tout à fait humain que de si petites pattes puissent faire ça…

Jean content de lui lève le menton, défiant tout à la fois les hêtres, les hommes et le pic noir.

« Han ! »

On lui donne une ébauche de verne mou.

Le travail est plus facile, mais Jean sent qu'un seul geste de travers pourrait tout gâcher. Ses mains tremblent un peu, la sueur coule le long de son cou. Il racle le bois, voit les longs copeaux de rose laiteux se détacher du bloc, s'enrouler et tomber à ses pieds. Le pic noir bat la charge.

Jean regarde le sabot, intensément, il lui semble que Fanie est là, tout près, il est en même temps dans cette clairière et dans une chambre sous les toits. Fanie lui souffle un mot à l'oreille. Elle dit…

Dans un effort plus intense encore que tout à l'heure pour lever la hache, Jean ouvre la bouche, articule :

« Sabot ! »

Sans attendre de réponse, il le cale de deux coins dans la coche, choisit tarières pour forer et cuillères pour creuser. Comme il l'a vu faire, de ce gros tire-bouchon il perce un premier trou au talon et un second au milieu du sabot, puis enlève le plus de bois possible entre ces deux trous à l'aide des cuillères.

Sans y penser, comme s'il guidait un vrai apprenti, Coquelicot rectifie la position de l'enfant, lui met le cou et l'épaule bien dans l'axe pour que le mouvement d'attaque ait plus de force.

Jean perce ensuite un autre trou dans la direction du nez du sabot, enlève le bois de la partie creuse en tirant la cuillère à lui, il se sert pour cela de la partie inférieure de la creuse comme point d'appui. Il a bien compris qu'en effectuant la manœuvre inverse, il ne pourrait pas dégager le cou-de-pied.

Gervais Sennepin, dit l'Amirau, tire sur la barbe grise qui encercle son visage d'une tempe à l'autre comme une queue de paon renversée. Soufflé il ne sait que dire :

« Bin ça… c'est grand comme un manche d'hachon et ça… bin ça.

— Bin ça, répète Tire-Vinaigre, pour rompre un silence qui le gêne.

— Le tchou din les sciappes ! » lâche Coquelicot qui effectivement pose ses fesses sur un tas d'éclats de bois.

Toujours sans lever le nez, Jean passe à la finition intérieure du nez du sabot. Bien affûtée, la chavette recourbée enlève de fins copeaux. Jean termine l'intérieur du talon avec le tranchant en U du boutot.

« T'as quel âge, gars ? demande Sennepin.

— Han », souffle Jean sans s'arrêter.

Il se sent épuisé, des crampes lui raidissent les bras il a maintenant du mal à tenir les outils. Par chance ils deviennent de plus en plus petits et légers à mesure que le travail avance.

Il reste encore à utiliser rainette, percette, racloir, lissoir, brunissoir, autant d'outils dont il sait l'usage sans connaître le nom. Mais l'Amirau arrête son bras.

On aurait de la peine à enfiler ce sabot. Il ne correspond à aucun pied humain, mais pourrait honnêtement servir à ranger du sel ou des allumettes.

Jean tient à bout de bras la forme sortie de ses mains, l'élève devant ses yeux. Sennepin lui enlève des mains, sans brusquerie mais fermement.

Il a posé le premier chef-d'œuvre du petit Jean sur le plot et d'un coup d'hachon le fend en deux.

Jean le regarde sans comprendre, la forêt bascule, sanglante. L'enfant sent une grosse boule monter dans sa gorge, il a mal comme si on venait de lui couper un bras sur ce billot.

Jean ne comprend pas. Cet inquiétant barbu vient de casser son beau sabot. L'homme ne semble pas en colère pourtant, bien au contraire, il sourit dans sa barbe, lui tend une tasse d'eau fraîche, essuie ses joues d'un mouchoir qui gratte.

« Faut pas en rester là, chtit compagnon, ton sabot il valait rin. Tu peux faire mieux, mais faut apprendre vraiment et manger d'la soupe. Reviens demain si te veux. »

Trois jours plus tard, Jean partage avec les sabotiers le finot, un plat de pommes de terre pelées et tranchées minces comme des feuilles, disposées par couches dans la marmite en fonte avec du lard.

Creuse petit !

Une petite couche de rondelles de lard gras, une grosse couche de pommes de terre, et ainsi de suite, jusqu'en haut. Le finot a cuit doucement depuis le matin dans la braise du feu allumé devant la loge, le couvercle de la marmite retourné à l'envers également rempli de braise.

Le repas a mijoté quatre ou cinq heures, peut-être plus, quand le soleil est caché on ne voit pas le temps passer. On arrose de vin blanc au moment de servir, on touille avec une branche. Ce n'est pas un plat de riche mais un plat de fête, car la fête ici c'est d'avoir chaud dans un ventre plein.

Jean rentre à Lanarce avec aux pieds une paire de sabots neufs. Son travail, mais aussi un peu celui de chaque compagnon, l'un a rectifié le talon, l'autre a élargi la creuse.

Jean ne passe pas au plus court, il fait un crochet dans le bois pour traverser tout le bourg, de l'auberge à la maison d'Eugénie en claquant la semelle.

XIV

Comme un dimanche

ENTRE LE POTAGER DE BRIQUES où cloque sa pilée d'avoine et la pierre de la bassière encombrée de vaisselle et de moules à fromages, Génie va et vient. Elle guette par la fenêtre l'arrivée d'un enfant.

Génie grogne, elle a tout un choix de raisons pour être en colère. Contre une douzaine d'œufs elle a emprunté depuis deux jours le bouc des Fradin pour couvrir ses trois chèvres. C'est un bouc blanc, calme et d'odeur encore légère qui malgré son jeune âge montre barbe de sage et bourse pleine. Plein de bonne volonté, il a salué les chèvres de la corne et entamé la conversation, mais les chèvres ne semblaient pas tout à fait disposées à accepter d'autres hommages et l'appétit du bouc menace la maigre provision de fourrage.

« Ça me fait malice. »

Eugénie est furieuse, contre Cadet, contre elle-même qui s'est trompée sur les chaleurs de ses biques, contre ce Diable de bouc qui mange trop, contre Jean qui devrait être là pour le conduire brouter dans les chemins, c'est son jour pour les bêtes et elle ne l'a pas vu depuis le matin.

Mais comment le tenir ?

Et le voilà qui arrive, fier comme char à banc, comme le chtit du moulin avec sa mule, les trois font la paire on pourrait dire. Et ça claquait du sabot. Des sabots neufs, où les a-t-il trouvés ? Encore une rapine ?

« Où t'as volé ces sabiots ? »

Et sans attendre une improbable réponse, vlaf, lof ! l'aller-retour surprend le gamin. La main gauche de Génie atteint son but. Elle en est presque étonnée, il est plus leste d'habitude pour l'éviter.

Avec Génie les beignes partent rarement et plutôt par principe de bonne éducation. Elle reste toute stupide en sentant le contact de cette joue. Comme pour se faire pardonner elle amorce une caresse. Échaudé Jean préfère se détourner.

Le soir Jean n'a pas faim, chipote la pilée, le finot ronronne encore dans son estomac.

« Quinze jours dans le coffre, tu mangerais », ronchonne Génie qui s'empare du bol et le termine.

À la veillée Jean doit défendre ses sabots contre Tiennon qui les adopterait bien. Cadet n'a pas posé de question et pour que les semelles s'usent moins vite, il les garnit de clous de ferrage ramassés sur la route et conservés dans une petite boîte avec des morceaux de ficelle, de papier, de chandelles.

Ces derniers jours Cadet n'a pas trop droit à la parole. Génie lui sert la soupe à la grimace depuis que la vache s'est brisée une patte dans un ravin un soir où il n'y voyait plus très clair.

On les a retrouvés à la lanterne : lui n'avait que des égratignures et dormait profondément, on dut abattre la vieille vache. Bréhaigne, elle ne donnait plus de veau ni de lait depuis des années, mais au moins elle tirait comme elle pouvait l'araire ou une corde de bois, permettait quelques travaux.

Pajean qui sait faire a découpé la carcasse, gardant pour sa peine la peau qui ne valait plus guère. Quelques quartiers de viande dure et sans graisse furent donnés à qui l'on devait, le reste rejoint le saloir. Cet hiver il faudra de bonnes dents à la table d'Eugénie.

Pas question de toucher aux pièces de la boîte en fer pour acheter une génisse, on ne sait pas ce qui peut arriver, un jour. Cadet laissera ses terres à cailloux du bas. Pour ce qu'elles donnent ! Naude ne manque pas d'ouvrage, Cadet n'aura qu'à travailler un peu plus, et boire un peu moins.

Il voulait bien.

Pour cette seconde partie du programme, Génie comptait sur Mal-Garni, le gougneur n'est pas un sorcier de première classe mais il faut se contenter de ce qu'on a sous la main. Mal-Garni manque souvent d'une poignée de clous, d'huile pour sa lampe ou de compagnie, et doit trouver à emprunter chez les uns et les autres. Mais il a toujours de la corde de pendu dans sa poche, il panse chrétiens et animaux, conjure les brûlures et connaît quelques sorcilages.

En échange d'une poule, chez lui debout devant sa table il écrivit sur une bande de papier *« Amus, Porte aunnus, brétingué »*, formule devant selon lui guérir le soiffard le plus endurci. La même sert également à rendre amoureux, ce qui est bien pratique.

Avant le lever du soleil, Eugénie a fait avaler au Cadet, sans le lui dire, ce petit papier roulé dans du beurre. Le beurre était-il trop ranci ou la poule coriace ? Le remède manque d'efficacité. Mal-Garni a cherché d'autres formules plus chères, proposa de faire venir un jetateur plus instruit. Il en connaît un, capable après une neuvaine de jeûne, et pour trois francs donnés en trois fois, de sortir les âmes de la tombe et de les faire parler. En invoquant le père Rousset peut-être que…

Génie a renoncé. Elle commence à croire que pour changer le Cadet il faut au moins un magicien connaissant *Le Grand Albert* par cœur, à l'endroit et à l'envers.

La lampe éteinte Jean décide d'aller dormir avec les chèvres, ses sabots entre ventre et chemise.

Le petit bouc blanc fait un peu de remue-ménage, monte deux chèvres, la troisième refuse et grimpe sur les poutres de son appentis pour le fuir, mais ça Génie ne le saura pas. Demain Jean n'attendra pas la soupe, à la pointe du jour il sera déjà dans le bois.

Aller travailler aux sabots ? mais bien sûr qu'il ira, Cadet. Et même dès aujourd'hui, mais ce matin il a plus urgent à faire, s'est mis en tête d'avoir les plumes d'une buse qui, pense-t-il lui a déjà volé deux poulets. Au coin de la petite place, sous l'appentis il patiente depuis trois bonnes heures avec bouteille et fusil, béret en arrière.

Il ne saura jamais que les poulets ont connu de belles funérailles dans le ventre de ses grands.

La volaille, surtout chapardée, est tellement meilleure que la soupe et la pilée d'avoine. L'affaire est sans risque. Il suffit d'aller le griller bien à l'écart, d'inviter Chabouni à faire disparaître toute trace et de bien se laver bec et mains aux bachasses. On répand quelques plumes et l'on vient en courant accuser la buse.

« Te tuerai », menace Cadet en montrant le poing au rapace qui vient tourner près de la lisière des bois, se rapproche des maisons en planant.

Pouaamm ! Les plombs se sont éparpillés loin de l'oiseau sombre.

La vieille pétoire à poudre noire n'est pas très précise, la buse doit le savoir et revient d'un coup d'aile. Il faut recharger par la gueule, pousser la poudre, les plombs, un morceau de papier pour caler le tout et bien tasser à la baguette.

Une bonne douzaine d'enfants est déjà sur la placette pour admirer le spectacle. Cadet est prêt. Inutile, la buse s'est déjà écartée d'un seul coup d'aile méprisant, monte en miaulant comme pour protester qu'elle trouve assez de musaraignes, mulots, vipères et autres bestioles au goût sauvage pour se remplir l'estomac, ne daignerait goûter la viande d'élevage qu'en cas de grande famine.

La colère de Cadet se retourne alors contre son arme qui date du grand-père, tout juste bonne à tirer entre les oreilles d'un lièvre assoupi. Ah s'il avait dans les mains son fusil Gras du régiment. On verrait alors comme il est bon tireur. Il aurait mieux fait d'y rester d'ailleurs dans son régiment. À l'heure qu'il est, il aurait un képi et un beau pantalon rouges, une capote bleue au lieu de ses vieilles brayes, de sa vieille veste. Et des sous dans sa poche. Il commanderait l'exercice au lieu de lancer son pied contre les fesses de ces grenipiots qui se moquent, visent le ciel avec leurs doigts et défilent autour de lui comme à la parade.

Une parade dont il finit par prendre la tête « gau-ch', dret', gauch', dret'… » On tourne autour de la fontaine, les petits piétinent dans les flaques « gauch', dret', gauch', dret' » rameutant les gamins disponibles qui grossissent les rangs.

Trois tours de place plus tard, Cadet, essoufflé, pose son vieux fusil contre le mur. Il rajuste ses brayes, se redresse, s'essuyant le front de son gros mouchoir à carreaux, il se racle la gorge et impose de la main le silence :

« Y fait le tour de la maison et va se cacher dans un coin ?

— Le balai ! braillent en cœur les gamins.

— Bon, y porte son cœur sur un pied ?

— Le chou-ou-ou ! Enkera ! Enkera !

— Là… hem… Noiraud dit…

— Salut pitaine de la gog'nette, générau des marmots ! » l'interrompt Léonard.

Le facteur n'a rien manqué de la scène, suant sous la grosse pélerine de l'administration, il pointe sa canne ferrée.

« Ah ? Léonard ! T'as pas encore ton biclot ? »

Cadet le pousse dans la maison. Non, pas de lettre, un colis pour la Génie, pas de la poste.

« Le paquet, il vient de ta mère, elle m'a dit comme ça que si une fois tu pouvais descendre…

– Le temps manque, avec tout ça… »

Génie montre la maison, les enfants dehors.

« Eh oui, mais y a personne d'éternel, même dans not' montagne… »

Elle s'informe de leur portement, « tout doux, tout doux » et des idées du père. Le facteur se sent un peu gêné, ce qui n'est pas fréquent, se contente de dire :

« On le voit plus guère. »

Tous savent qu'Auguste Morin ne s'est jamais décidé à travailler avec son gendre, ni même à l'inviter à sa table. Il vend des terres, pire, il envoie un commis sur les foires à sa place, ce qui n'arrange pas ses affaires. Le domaine part en lambeaux.

Mais Cadet et Léonard en viennent vite à leur sujet favori, le Naude :

« T'sais qu'il est descendu à Cusset pour parler à Paris…

— Hein ?

— J'explique. On vient d'installer le téléphone à Vichaï et aussi à l'annexe de Cusset. C'est une germaine à ma femme qui tient la poste. Le téléphone, j'explique, c'est comme un beurloir d'ici, mais pas besoin de grimper au clocher pour gueuler dedans et on t'écoute de bien plus loin… enfin, ça devrait. »

Il empoigne la bouteille et, soufflant sur le goulot :

« … c'est une machine tu la tiens comme ça pour parler… »

Il appuie le verre contre son oreille :

« … et comme ça tu écoutes. Alors le Naude il a pris toute sa journée pour aller à Cusset avec sa carriole. Plus d'une heure il a attendu à la poste, pour causer juste cinq minutes. Et ça lui a coûté ses deux francs… »

Léonard se frappe sur les cuisses :

« … quarante sous ! On les gagne pas tous les jours. Et le meilleur, on écoutait rin de rin dans la machine. Rin de rin, et pour vingt sous ! L'animau ! Il était obligé de crier. Enfin à ce que j'ai compris, c'est pas encore que l'ouvrage va manquer chez le Naude.

— T'as entendu Cadet ? relève Génie, l'ouvrage va pas manquer. »

« Pououaamm ! »

L'explosion vient de la placette.

« Mon flingot, j'a laissé mon flingot fora ! »

Génie se signe, on se précipite dehors. Pas de mal, juste un gars qui a la joue toute rouge et les mains toutes noires, mais la mitraille a fracassé un volet de la maison de Quat'Gobilles. La petite myope s'est évanouie. Léonard la ranime. Il a du courrier pour elle. Génie compte son monde.

« Et le Jean, l'est pas là ?

— Paraît qu'on le voit souvent vé les leuges de l'Amirau, répond Léonard.

— Ça me plairait pas bien, dit Cadet.

— À cause que ? demande Génie.

— Le Naude dit que c'est un arcandier qui a trainé on sait où, qu'a même été bagnard aux îles… »

De la première neige d'octobre tombée pendant la nuit, il ne reste plus au lever du jour que de larges taches grises. « Une neige juste pour embrener les limaçons » dit Cadet en poussant le volet de la porte avant de partir pour son jardin et de faire un tour au bourg.

Le dimanche, quand il vient au bourg, Gervais Sennepin remplace sa vieille casquette par un chapeau presque neuf, et c'est avec ce chapeau encore à la main qu'il aborde Eugénie à l'entrée de la messe, intimidé, il l'est toujours dès qu'il y a du monde autour de lui et on les regarde.

Il s'informe de la santé d'Eugénie, de celle de Cadet, des enfants, en vient à demander si c'est bien elle qui élève ce petit Jean. Non, qu'elle ne s'inquiète pas, il n'a rien fait de grave.

Ainsi c'est lui, cet Amirau des bois. Elle s'étonne de le trouver si poli, si honnête. Sa tenue bien endimanchée la surprend, son Cadet ne fait pas autant d'effort. Mais peut-on vraiment se fier à un étranger dont on ne connaît ni la vie ni la parentèle. Un bagnard, évadé peut-être, dit Cadet. Mais on ne peut pas se fier à Cadet non plus…

L'office va commencer, Sennepin demande s'il peut se permettre de passer chez elle pour en parler plus avant. Inquiète, Génie cherche sa marmaille du regard pour la pousser dans la nef. Jean n'est pas là bien sûr. Il n'est jamais là pour la messe, pas plus que pour l'école.

En sortant de la messe, les hommes prennent de l'eau bénite dans leur chapeaux et les femmes dans le creux de leurs mains pour en asperger les tombes de leurs parents défunts, de leurs vieux pères comme ils disent. Génie ne s'attarde pas avec les femmes au caquetoire devant le porche, elle confie à Gisèle le soin de rassembler les enfants, de prévenir son père, si elle le trouve.

Trapette, qui ce matin a passé une heure à tenter de gonfler ses cheveux raides, ne proteste pas, elle a vu le Jules Valas dans la rangée des hommes, dit qu'elle conduira les petits voir les joueurs de quilles.

À Lanarce comme dans tous les villages et hameaux de la Montagne, le dimanche on joue aux quilles dans la rue sans risque d'être dérangé.

Taillées par un sabotier, neuf quilles de bois de soixante centimètres de haut et grosses comme la cuisse sont plantées en carré par trois et sur trois rangs. Il faut les abattre avec une énorme boule, elle aussi en bois, creusée d'un petit vide pour la tenir en main.

Un litre de vin est habituellement en jeu, comme il est bu à l'auberge et que l'on remet la tournée, personne ne perd vraiment.

Mais aujourd'hui Martin Charrier et Jules Valas se défient à l'argent, jettent chacun une pièce de deux francs à terre près de la quille centrale.

Barbe-Sèche tient le rôle du renvoyeur, il a fourni quilles et boules, et dans l'attente d'une rétribution désaltérante du gagnant, il s'affaire, redresse les quilles, renvoie la boule aux joueurs, annonce les résultats, chasse du carré des cailloux et grains de sable plus ou moins réels.

Un cercle s'est formé autour des deux joueurs. D'adresse égale et ce matin de même chance, ils viennent par trois fois d'obtenir le même résultat.

« Rapot ! » annonce Barbe-Sèche.

Les deux garçons jettent une nouvelle mise. La somme devient d'importance et la partie passionnée.

Et le cœur de la Trapette cogne avec chaque boule, elle en oublie les petits qui s'éclaboussent en lançant des cailloux dans le lavoir. Elle en oublie de prévenir Cadet, assis sous le tilleul avec Gaille, Pajean, Mal-Garni, Barbe-Sèche et quelques autres.

En hâte, sans prendre le temps de se changer, enfilant juste un tablier propre sur sa jupe du dimanche, Génie balaie la boue devant la porte, essuie la table, torche un petit-paris qui, resté attaché le temps de la messe, a fait sous lui.

Sennepin attend sur le seuil, embarrassé de son chapeau. Il s'excuse du dérangement.

Elle insiste pour qu'il entre, qu'il s'assoit. Elle sert la goutte, comme si elle tenait le rôle du maître de maison.

Gervais juge que si on lui offre le petit verre d'eau-de-vie, vite bu, plutôt que le vin, c'est que l'on ne souhaite pas qu'il s'attarde. Il doit en venir rapidement au but de sa visite, ne parle que très brièvement du temps qu'il fait, de l'hiver qui arrive et n'ose s'informer des occupations de Cadet.

Avant de porter à ses lèvres ce verre perdu dans ses grosses mains, il trinque aux santés de tous, et à celle du petit Jean, puisque c'est de lui dont on va parler. Il avale une gorgée, pose le verre, raconte Jean creusant un sabot sur le chantier où il travaille, dans le bois tout proche de la Goutte-Griffier. Oui, Génie connaît, enfin elle n'y est jamais vraiment allée. L'œil de Sennepin s'anime lorsqu'il parle de l'enfant maniant la tarière…

De Jean, Eugénie s'attendait à tout, mais qu'un sabotier vienne proposer de lui apprendre le métier ! Dire que cet enfant a dans les mains quelque chose comme un don, qu'il peut devenir beaucoup mieux qu'un honnête ouvrier.

Malgré elle, Génie prend plaisir à entendre parler de bel ouvrage. Si elle osait, elle lui dirait bien qu'elle aussi, autrefois, avait un don dans les mains. Elle lui parlerait du plaisir qu'elle avait à faire naître entre pouce et index ce fil fin, le plus fin du canton. Elle le mouillait constamment de sa salive pour l'assouplir, et pour calmer sa soif gardait sous la langue un petit galet de la Besbre, rond et blanc. Elle lui parlerait des dernières foires au fil, des compliments que lui faisaient les marchands venus avec leurs mulets de Cusset, Lapalisse ou Saint-Just.

Sans y penser elle pose un autre verre sur la table. Elle se sert, le ressert.

Si on les voyait ! Mais on est là à propos de Jean. De toute façon, il ravasse dans les bois, elle ne peut rien en faire, alors… mais il faut aussi l'avis de

Cadet. Sennepin le trouvera au bourg. En parler à cette dame de Renaison. Il la connaît de vue.

Le petit-paris braille famine. Génie lui donne le sein en se détournant. Gervais regarde ailleurs comme soudain fasciné par une tache sur le mur. Il trinque une deuxième fois, est déjà debout lorsqu'il vide son verre. Génie referme son corsage et le bébé pleure, trouvant le repas insuffisant.

Au jeu de quilles l'entrevue aurait pu être orageuse. La matinée est plus qu'avancée, Cadet aussi. Et à Lanarce il est chez lui, entend bien le montrer, prend de haut la demande de l'Amirau. D'autant qu'il se sent soutenu par quelques sabotiers du bourg et par Martin qui malgré sa patte folle, a battu le Jules et arrosé généreusement sa victoire.

Le Gaille calme les esprits, demande :

« Le gars, on le prendrait chez Naude ?

— Jamais ! jure Martin.

— Alors… »

Gaille cligne de l'œil vers l'Amirau.

On conclut de ne rien conclure, tout se décidera à Renaison, et Cadet a déjà d'autres préoccupations, un drôle vient lui dire :

« Surveille un peu ta gâte, j'crois bin qu'elle est à consoler le pardant. »

XV

Gens des bois

SONT-CE DES PANTALONS TROP COURTS ou bien des culottes trop longues que Jean porte maintenant ? Enfin ce sont des brayes et pendant des semaines Mélie dans son café n'a tricoté que pour lui, tout un lot de mitaines, de bas, de chaussettes et de bonnets, et même une pèlerine. Le tout bleu marine et noir, les deux seules couleurs qu'elle utilise depuis longtemps.

Les mois de la saison froide se terminent sans trop de dureté, la neige d'hiver a tenu à peine trois mois et vient de fondre en attendant celle du coucou.

Dans les bois Gervais Sennepin redevient l'Amirau, toujours le premier sur le pont du chantier, à coups de gueule et d'exemplaire labeur, il mène son équipage de flibustiers sylvestres à l'abordage d'une armada de bûches et de billons.

Certains de ces pirates forestiers le suivent depuis des années.

Gustin Dassot, de la Bletterie, dit Coquelicot pour la couleur de sa trogne et François Goulange, de la Verrerie, dit Tire-Vinaigre un peu pour la même raison, sont les plus anciens des compagnons creuseurs. Leur coquetterie au plus froid de l'hiver consiste à travailler en chemise, mais ils en portent deux, l'une sur l'autre, celle du dessus retroussée au coude et l'autre à l'avant bras, une large flanelle ceinture leur pantalon de velours.

Le vieux Yèbre, borgne de Ferrières et le Pluche, un très grand, maigre comme un râteau à foin, venu du canton de Noirétable, manient du matin au soir l'hachon de chapoteur. Le plus habile finisseur avec l'Amirau, le Darbon, petit homme à la fois rond et pointu, doit son surnom de taupe aux épaisses lunettes cerclées de fer qu'il ne quitte jamais. À propos de tout et de rien il ne s'exprime qu'en dictons calendaires, « les haricots de la Saint-Claude rattrapent les autres » peut de manière évidente signifier « ne nous pressons pas », ou « arc-en-ciel du matin trompe son voisin » inciter à la méfiance mais son dicton favori, « les œufs du Vendredi-Saint ne se couvent pas » reste pour tous un mystère.

Mystère aussi que les versets de la Bible cités en français par l'Aguenaud. Il porte une longue barbe et de vieux habits de soldat, touche un peu à tout sur le chantier, mais pas plus d'un mois sur deux. Le reste du temps il fait l'ermite dans les ruines de la Madeleine. Là, chaque dimanche, il lit à haute voix son Livre posé sur une pierre, pour une paire de vieilles sourdes, trois forestiers égarés, un écureuil, une famille de mésanges. Il dit que « l'important c'est de semer, au Grand de faire pousser et mûrir ».

Tueloup né à Ramillard, colosse velu, est le plus habile braconnier de la Montagne, quand il s'agit de raconter. Il affecte une spécialité très précise, le nez du sabot gauche, mais selon les besoins il abat n'importe quelle besogne tout comme Verluisant, Malenpied, le Beurre ou Sylvère l'Auvargnat. Celui-là, ancien bûcheron et scieur de long repenti, fait mentir la réputation d'avarice de ses compatriotes. Panier percé et brave compagnon, il offre le dimanche des tournées de gnôle en d'illustres duels où s'affirme sa capacité à avaler autant que ses adversaires réunis. Il doit souvent demander des avances à Sennepin, envoie rarement de l'argent à sa femme restée avec trois enfants à Ambert.

La plupart des sabotiers de village travaillent en forêt de mai aux premières neiges, mais cette année la campagne de l'Amirau et de ses hommes commencée à la Saint-Michel de septembre dans le bois de la Goutte-Griffier doit durer jusqu'à la Saint-Jean de juin. Sur une dizaine d'hectares de taillis sous futaie appartenant à un bourgeois de Thiers, une hêtraie mêlée de sapins bordée par un ravin, ils voisinent avec quelques équipes de bûcherons, une douzaine de scieurs de long et une famille de charbonniers.

L'écorce est conservée sur le bois jusqu'à la fabrication pour éviter un séchage trop rapide qui rendrait le travail difficile, une bille se creuse bien, une autre moins, mais un sabotier qui se tient à l'ouvrage arrive seul à trois ou quatre paires par jour ; travaillant à plusieurs chacun selon sa spécialité, chapoteur, creuseur et finisseur peuvent doubler cette production.

Au pays roannais Sennepin possède une clientèle régulière de vignerons. D'Ambierle à Villemontais ils utilisent toute une batterie de sabots : quand la terre est boueuse ils les aiment bien étanches, les garnissent de paille et les coiffent de guêtres pour se garder les pieds au chaud et au sec ; au bêchage ils portent des sabots presque sans talon qui n'accrochent pas la bêche et aux vendanges les choisissent à semelles plates pour écraser le raisin dans la cuve. Pour la taille en février et mars, n'importe quel sabot, pourvu qu'il ait gros nez, convient, le planteur de bois tordu finit de vieilles paires qui ne craignent plus rien car il les balafre, les entaille, les écorne en coupant à la serpe les sarments rabattus contre son pied, mais à la messe ou à la foire les sabots ne sont jamais trop neufs, jamais trop massifs pour lui donner glorieuse allure.

Les laboureurs et jardiniers de la plaine, vers Cusset, Vichy et au-delà se contentent de moins mais sont aussi pour Sennepin une bonne pratique, ils usent beaucoup et peuvent payer.

Jean, lui, paie son apprentissage en teignant les sabots. À la mode du Forez les ordinaires sont passés au noir de fumée dilué dans l'urine qui fixe la couleur. Pour les sabots fumés il frotte avec du jaune d'œuf, qu'il faut économiser, et de la pomme de terre, il les pend ensuite au-dessus d'une fumée de bois vert. Il est heureux lorsqu'il a des sabots de mariage à vizeler, à décorer à la gouge et à la pointe du couteau.

Il n'échappe pas aux farces de rigueur : Tueloup et Verluisant ont trempé dans la graisse les cales, coins de bois destinés à serrer le sabot dans la coche pour le creuser. Quand l'apprenti veut s'en servir et qu'il tape dessus, les coins rebondissent comme des envoûtés au lieu de s'enfoncer. On lui dit que des foulets s'abritent du froid dans ces morceaux de bois et qu'il leur fait mal en tapant trop fort. Cela fait rire et permet de lever le nez. Mais depuis, Jean grave des petits bonhommes sur toutes les cales qui lui passent entre les mains.

On mange tous les jours comme on le fait les jours de fête, une demi-livre de lard, deux livres de pommes de terre et autant de pain en trois repas par sabotier. La grande différence est que les jours ordinaires on ne prend pas la peine d'émincer le lard et les pommes de terre comme pour un finot, on met le tout en vrac dans le chaudron et surtout on mange plus vite et l'on n'arrose pas de vin blanc. Entretenir le feu est aussi une nouvelle tâche revenant à Jean. Le bois ne manque pas, mais il lui faut prendre garde au vent, à la pluie, à la neige.

Jean n'est pas sur le chantier depuis une semaine qu'on lui donne un sac de chanvre et un coin de loge où dormir. Il devrait rentrer à Lanarce le soir, c'était entendu entre Sennepin et Génie, il n'y a guère plus d'une lieue entre le chantier et la maison des Rousset, mais les jours sont de plus en plus courts. On hésite à le laisser partir seul, les sabotiers n'ont aucune envie de jouer les bonnes d'enfant pour l'accompagner hors du bois, ont autre chose à faire. Et Jean préfère rester dans les bois, l'Amirau lui-même a compris que « de toute façon ce chtit finit toujours par faire ce qu'il veut ».

Solidement bâtie la leuge tiendra bien jusqu'à la fin de la saison, son couvert aux deux grands pans de branchages, plus pentu qu'un toit de maison, s'appuie sur de petits murs de pierres sèches et de terre, avec à l'intérieur une murette pour installer le foyer où cuire le dîner quand il pleut trop, une claie recouverte de fougères sert de lit, une porte de branchages la ferme au vent d'hiver.

Mais Jean dort mal, trop de chaleur, trop d'odeurs, la sueur, les relents de pieds, de vêtements humides, les ronflements et les pets, jusqu'au froissement des feuilles sèches sous le poids des hommes qui se retournent en dormant, tout le gêne. Dès le jour suivant il préfère se construire un abri bien à lui. Il n'y dort pas seul longtemps, Chabouni l'a rejoint et lui tient chaud aux pieds.

À l'heure où les autres récitent préfectures et sous-préfectures de la République, Jean apprend le nom des outils, avec leurs variantes, noms en parler de France, de la Montagne, du Forez ou d'Auvergne. Il sait que le Pluche qui est du Haut-Forez nomme essolo cette lourde herminette que Coquelicot appelle l'essolat ; de même la tarière est l'ibrou de l'un et l'acoudère de l'autre, que la chavetta d'ici, rouannette vers la Loire va gratter dans le nez du sabot comme un petit doigt crocheteur, que le boutoir n'est qu'un butot et sert de toute façon à raboter l'intérieur, que si l'on parle du bûcheur, du tailleur ou du chapoteur, c'est toujours du manieur de hache dont il s'agit.

Jean a vu la montagne se panacher d'une gerbe de fumerolles montantes, blanches, droites, le charbonnier vient d'allumer sa quinaude. La meule de bûches couverte de terre et de feuilles mortes, deux fois plus haute qu'un homme, ressemble à un petit volcan domestiqué.

Dans une clairière que l'on appelle ici un plan, Raymond Piat dit Cuisse-Blanche a dû d'abord dégarnir à la bêche un large cercle en prenant garde de conserver intactes les mottes de terre et d'herbe. Au centre il a dressé un pieu, a ficelé dessus des fagots de branches, branchettes, brindilles et genêts. Commença la longue peine pour le charbouni, sa femme Marinette, la Piate et Marie la plus grande des filles, qui a fait sa communion depuis deux ans au bénéfice de l'âge mais n'a trouvé à se placer dans aucune ferme. Aident aussi lorsqu'elles ne sont pas à l'école de Lanarce Maria, Nanon et toute une procession de filles, il en naît chaque année, il en survit parfois. Raymond Piat et Marinette, née Vigouroux, n'ont jamais eu de garçon, ne serait-ce que quelques semaines. Marquis n'aide jamais, c'est un chien. Seul le charbonnier lui donne ce nom, pour tous les autres c'est Kiki.

Pendant des jours et des jours ils ont coupé, porté, entassé des rondins de toutes grosseurs et de toutes essences mais toujours d'un bois assez dur, cinquante, soixante quintaux peut-être, installés par couches, les plus gros rondins vers la cheminée du mât et ainsi de suite jusqu'aux plus petits.

Peu à peu la quinaude a pris belle allure de dôme, tous les trous laissés par les grosses bûches comblés par de petites branches. La quinaude s'est habillée de feuilles mortes, on en trouve toute l'année sous la hêtraie, elle s'est recouverte de terre et des mottes conservées lorsque le charbonnier a dégagé l'emplacement. Une échelle est posée contre son flanc, montant jusqu'au sommet.

Le charbonnier est alors retourné à sa loge, une solide et grande cabane carrée, montée de branches et de terre, ancrée aux troncs de deux arbres, la famille y vit toute l'année et ne la quittera que lorsque les coupes de bois seront trop éloignées. Le charbonnier a ouvert un coffre de sapin, il a revêtu son costume de velours noir, coiffé son chapeau noir, comme s'il allait au bourg déclarer la naissance d'une fille, comme il irait marier un ami, s'il en avait.

Debout devant sa quinaude, belle mais encore froide, encore sans vie, tout vêtu de noir, son chapeau noir vissé sur le crâne, Cuisse-Blanche a prié, longtemps. Il a prié le dieu des bourgs et des églises pendu à sa croix, mais aussi tous les autres, ceux des feux et des forêts, sans oublier surtout les dieux du vent.

Par l'échelle il monte jusqu'au sommet de sa meule, sort d'une poche un briquet à silex et amadou, met le feu à une poignée de brindilles et de genêts bien secs. Le feu a pris aux fagots plantés autour du mât, s'est élancé gagnant les premiers rondins. Le charbonnier range le briquet dans sa veste, il y restera jusqu'à la prochaine quinaude.

Celle-là va brûler pendant quinze jours et quinze nuits, et jusqu'au bout le charbonnier devra guider le feu, devra surveiller, contenir et nourrir ce lent incendie intérieur.

Il donne du tirage en creusant des trous avec un pieu, de plus en plus bas chaque jour, juste assez pour que le bois se calcine régulièrement et pas trop pour qu'il ne flambe pas, il ne retrouverait alors que des cendres.

Quand le vent tourne il faut reboucher, creuser ailleurs, une rafale, un changement de direction du vent brusque et imprévu pourrait détruire en quelques minutes des semaines de travail.

Les nuits de vents changeants, des vents mauvais, Cuisse-blanche ne dort pas.

Vincent n'a pas attendu que la neige fonde pour retrouver Jean. Il est venu un jeudi, sans la mule, mais avec un petit sac de farine blanche et un beau morceau de caoutchouc presque neuf pour monter un lance-pierres.

Le travail des sabotiers ne l'intéresse pas, Vincent est beaucoup plus impressionné par celui des scieurs de long travaillant par deux et débitant les planches sur ce chevalet qu'ils nomment chèvre. C'est une sorte d'antique bête à trois pattes composée d'une poutre de quatre à cinq mètres, dont une extrémité repose sur le sol tandis que l'autre est supportée à hauteur d'homme par deux pieds écartés. Une moitié du tronc à débiter, lié à la poutre par des chaînes, dépasse vers l'avant, forme une tête à long cou. Et le tronc se découpe avec une scie formée d'une lame aux dents recourbées vers le bas, tendue au milieu d'un grand cadre en bois, qu'ils appellent on ne sait pourquoi « belle-mère ».

« Congrre-e congrre-, gre, gre, gre », chante la lame.

Vincent admire le chevrier, l'homme du haut monté sur la poutre pour guider la lame. Il plaint celui du bas, le renard, qui tire la scie à pleins bras, pliant jambes et reins, et fournit tout l'effort aveuglé par la sciure, mal protégé par son chapeau.

Jean et Vincent essaient leur nouveau pigot en tirant sur une pie. Et c'est en poursuivant l'oiseau blessé qu'à la nuit tombée ils croient voir de l'autre côté du ravin leur ville secrète.

Ils découvrent une longue barre de rochers taillés droits et perçant la neige, des blocs de pierre empilés très régulièrement, déchirant la forêt en bas et les nuages en haut. Elle ressemble à un château sans toit, à une falaise avec des tours, des hommes vêtus de métal et de fourrure s'y tiennent immobiles. Un nuage noir comble le ravin, efface tout.

Jean et Vincent entendent l'Amirau hurler dans le beurloir, les menacer d'une correction, ils rentrent en courant et Vincent perd le lance-pierres.

Le jeudi suivant Vincent repart bien avant le soir :

« Te comprends, faut qu'je rentre pour m'occuper de ma mère, quand je suis pas là, elle a peur la neut. »

Dans le bois de la Goutte-Griffier les jours se suivent et ne se ressemblent pas toujours. Hier la fête, aujourd'hui le deuil.

Pour la Saint-René de novembre, le matin, les sabotiers ont accroché au-dessus de l'entrée de la leuge un bouquet de branches de sapins, de feuilles dorées des noisetiers et de fleurs, quelques tiges de digitales attardées à l'abri du gel.

Discrètement les hommes avaient taillé un sabot géant d'un tronçon de sapin, l'ont l'offert à l'Amirau qui avait feint d'ignorer cette clandestine besogne. Sur un brancard, ils le portèrent à l'église pour le faire bénir.

La cérémonie fut suivie d'un banquet payé par l'Amirau à l'auberge de la Forge. Pour changer, la Bonnette mitonna un finot, les chants durèrent une bonne partie de la nuit, le lendemain était chômé.

Deux jours plus tard, l'Auvargnat s'est tué, fracassé en tombant d'un grand frêne qu'il élaguait avant l'abattage. Depuis la Saint-René, Sylvère n'avait pourtant bu que de l'eau claire, et des arbres il en avait élagué des centaines, de toutes espèces. Ce n'était pas à lui de le faire, l'Amirau ne l'avait pas embauché comme bûcheron, mais l'Auvargnat voulait montrer son adresse.

L'arbre est resté ébranché d'un seul côté, personne n'a voulu terminer le travail du malheureux et l'arbre reste avec son houppier mal rasé. On n'y touchera pas avant longtemps.

L'Auvargnat n'est pas mort sur le coup, respirait encore faiblement quand on l'a porté à demi-disloqué sous la leuge. Son âme s'est envolée doucement au paradis du pic noir.

L'Amirau a donné son linge propre pour habiller le corps. L'Auvargnat n'en avait pas, pour lui avoir deux chemises c'était déjà être un bourgeois. Le Darbon a taillé une petite croix, l'a glissée dans les mains de l'Auvargnat, maintenant réunies et fermées comme elles ne l'avaient jamais été. L'Aguenaud a lu une page de son Livre. Les scieurs ont fourni quelques planches pour clouer un cercueil.

En se relayant les sabotiers l'ont porté le lendemain jusqu'à Lanarce, sur le brancard qui avait servi à promener le grand sabot.

Ils ont fait halte à l'auberge, hissé le cercueil sur une table et l'ont recouvert de vin et de gâteaux, bu et mangé avant de gagner l'église où le curé attendait. Barbe-Séche achevait de creuser le trou au bout d'une rangée.

Ce n'était pas un pays mais un brave compagnon tout de même, un pied-de-loup venu d'une autre pente de misère, on le regrettera.

Le lendemain n'était pas jour férié.

Sennepin a consulté les hommes, avec leur accord, il versera à la veuve l'intégralité des sommes qu'aurait dû gagner l'Auvergnat, fera comme s'il n'avait consenti aucune avance, les sabotiers s'arrangeront en fin de campagne pour le partage.

XVI

Dans un livre

DEPUIS DIX JOURS tout travail extérieur est devenu impossible. Les sabotiers se résignent à rester dans la loge, ne sortant que pour aller au bois et entretenir un feu qui les enfume.

Au temps de Pâques, l'Amirau passe quelques jours en Forez. Le vent de ciberne et un vrai grand froid ont suivi d'abondantes chutes de neige. La bise a levé des murs de neige et s'est éloignée, laissant accroché sur la montagne un nuage si épais qu'il pénètre jusque sous les arbres, enveloppe tout d'un brouillard glacé. C'est une nuit blême qui semble s'installer pour la fin des temps, comme si le monde n'avait plus que deux mètres de tour et se déplaçait avec vous.

En voulant prendre une hache dehors, Tire-Vinaigre a laissé un peu de la peau de ses doigts sur le fer de l'outil.

Le vieux Yèbre a arraché de force Jean à sa cabane pour l'installer près du feu de la grande loge. Couvert de sacs et de chiffons, le chien couché sur ses pieds, Jean passe son temps à dormir et à tailler au couteau des petits morceaux de fayard.

Les provisions s'épuisent, malgré la neige et le brouillard, quelqu'un doit aller jusqu'à Lanarce au ravitaillement. Le Yèbre se propose.

« Pas toi, t'y vois qu'à moitié, objecte Coquelicot.

— Ça te manque d'aller voir les Bertaudes ? » ricane Tire-Vinaigre.

Le vieux hausse les épaules.

« J'ai qu'un œil mais justamint, comme dans cette brouillasse personne il y voit rin, alors ça fera pareil… »

Cette logique réussit à convaincre, et le Yèbre ajoute :

« … et pis si je croise un loup, ma couenne sera trop dure pour lui.

— Et je serai là, dit Tueloup la mine gourmande, je viens aussi, avec ce froid p'tête qu'on en verra vraiment un. Et si on en trouve un, crac ! Des derniers loups y en a bin eu trois ou quatre de tués dans le pays depuis que je suis en âge de tenir un n'hachon. P'tête que j'aurai le dernier des derniers. »

Liés l'un à l'autre par un bout de corde, ils sont partis au matin. Pour les guider, Coquelicot utilise le beurloir. Creusée dans une branche courbe de fayard, cette trompe grosse comme le bras transmet le son à cinq ou six kilomètres. Coquelicot hurle régulièrement dedans pour éviter aux deux hommes de trop tourner en rond, pour qu'ils aient un repère dans le brouillard. Il beugle des bêtises de plus en plus souvent, car hurler lui donne soif et le reste du petit baril de côte qu'il tenait au chaud y passe.

Le lendemain, pour le retour, le Beurre et Tire-Vinaigre prennent la relève car Coquelicot n'a plus de voix.

Vers la mi-journée Chabouni a commencé à aboyer, une heure après le Yèbre et Tueloup sortent du blanc, apparaissent devant l'ouverture de la loge, glacés, un sac sur le dos. Dans l'un les pommes de terre et une bouteille de gnôle, dans l'autre le pain, le lard et trois œufs teints pour Jean.

Le Yèbre dit simplement :

« T'aurais pas dû causer sur la Delon dans l'beurloir. T'as fait rire tout le bourg. »

Et Tueloup souffle :

« Pas un loup, même pas un lapin, et le seul yèbre qu'j'ai vu c'est celui qui 'tait avec moi ! »

Ils se sont couchés, ont dormi jusqu'au lendemain.

Libéré des tâches quotidiennes et empêché de courir la forêt par les grands gels et les ténèbres blanches, Jean a occupé ses journées, taillant le bois à son idée. Au fond de la petite loge s'entassent des bonshommes gros comme le poing, façonnés à la cuillère et au couteau. Les sabotiers commencent à s'y intéresser quand ils reconnaissent la barbe de l'Amirau, l'œil vide du Yèbre. Ils s'amusent d'une sorte de boule mamelue. « C'est ta Génie ? », dit l'un. Sur une forme de femme aux grands yeux, Jean a voulu représenter une sorte de petit tablier.

« Qui c'est ? Ta bonne amie ? » demande Coquelicot.

Voyant qu'on ne le décourage pas, Jean grave de même manière quelques-uns des sabots qu'on lui laisse vizeler, au lieu de reproduire les habituelles marguerites, les éternels épis droits ou courbes, de contourner toujours les mêmes arabesques, il laisse aller sa fantaisie.

Personne n'aurait eu l'idée de sculpter le profil du Pluche ou la barbe de l'Amirau sur un sabot.

Jean, si ! Les sabotiers commentent, seul le Pluche râle contre la marchandise gâchée. Jean lui a fait le nez un peu long.

Tailler de l'inutile ne gêne pas les sabotiers. Tous l'ont fait souvent dans leur jeunesse, le font encore un peu, et plus en vieillissant. Ils peuvent tous dégager une forme de coq, de chat assis, une corolle, un vague visage, façon de s'occuper les mains sans contrainte, « on n'est pas des bœufs », de « faire du gentil » avec le bois et les outils de tous les jours. Ils savent à l'occasion apprécier les formes d'un saint de bois, d'une Vierge d'église.

Mais cette frénésie de pic noir, cette fièvre de rongeur les surprend, et ils reconnaissent que « le jeune a la main ».

« T'as bien profité d'un coup. Si te continues, te vas simbler au Pluche. »

Son premier salut est pour Jean. Sabots boueux, barbe cherchant le vent et casquette en arrière, l'Amirau revient au chantier avec un gros sac sur l'épaule et une bonne quinzaine de retard. Personne ne lui a rien demandé, c'est lui le patron. Il n'a rien expliqué, mais les sabotiers ont cru comprendre qu'il avait des affaires à régler du côté de Lyon.

Avec le redoux le chantier a tourné sans lui, avec juste un peu de retard, des finitions en attente, chacun sait ce qu'il a à faire.

Les sabots s'entassent dans la clairière qui se couvre de sciapes, éclats de bois, déchets de la fabrication que l'on utilise pour entretenir le feu, et où Jean cherche la matière de ses petits bonshommes.

Après les grands froids le temps a pris des airs de faux été. Les nuits piquées d'étoiles restent glacées mais les journées sont douces, avec un soleil à l'aise dans un ciel sans nuage. Un papillon jaune et quelques fleurs blanches ou mauves se trompent de saison, ou d'altitude, ici le vrai printemps n'obéit pas à l'almanach.

Tueloups fait le faraud, tombe chemise et brayes pour se laver de l'hiver dans un trou d'eau encore bordé de glace. Et le Darbon prédit :

« Lune perdue dans l'eau fera vent sous le chapeau. »

Deux saisons et la forêt ont changé Jean plus que quelques années. Il a grandi de dix centimètres d'un coup. À manier la tarière et l'herminette, ses épaules et ses bras ont forci, ses mains s'élargissent, durcissent. Loin de la tondeuse anti-poux et obligatoire de Génie, sa tête s'est couverte de boucles brunes qu'il entend bien garder, « comme un gars du vieux tin », dit le Yèbre.

Et surtout Jean prononce maintenant, avec économie, quelques douzaines de mots, les noms d'outils et ceux dont il a vraiment besoin, « mingea » quand il a faim, « chapouta » pour travailler le bois, « proumena » quand ça lui prend de disparaître des heures et même des journées entières dans le bois. C'est venu doucement, quand les sabotiers ont fait mine de ne plus comprendre ses « ha » et ses « han ».

L'attitude de l'Amirau envers Jean, depuis son retour, surprend parfois un peu les hommes. Oh, elle n'a pas vraiment changé, il reste le patron, mais de petits détails, un geste de protection, un bref regard de fierté les amusent, font murmurer qu'avec l'âge le barbu tourne à la bonne d'enfant. Et dans son sac il lui a rapporté un livre, un vrai livre en papier avec du doré sur la couverture de carton rouge, des mots en noir et des gravures colorées, beaucoup de gravures. On y voit des gens et des paysages parfois étranges, avec des arbres tordus, ni fayards ni sapins.

« C'est des niaoulis, ça sent le chèvrefeuille, et ce bâtiment hein, on dirait not'leuge », dit l'Amirau.

Il ajoute que cet enfant doit apprendre que la vie n'est pas seulement cette montagne. L'explication laisse perplexe. On a toujours bien le temps de voir quand on fait son régiment ou son Cantal. Et puis le monde dans son livre, c'est vraiment du drôle de monde. Celui qu'est parti voir l'Amirau quand il était plus jeune et matelot charpentier ? Ça ne les impressionne pas, leur paraît simplement futile.

Les pommes de terre et le lard avalés, le barbu s'obstine, raconte les gravures. Jean se contente de retourner la page dans tous les sens, de la tacher de graisse. Le livre n'est qu'un objet sans intérêt dont il n'a pas l'usage, les dessins une bouillie de traits, des pâtés de couleurs.

Autre lubie, faire comprendre à l'apprenti, qui n'a jamais vu de vraie rivière, ce qu'est un bateau. Il prend un sabot, place dans le creux trois petits bonhommes taillés dans les sciapes et le traîne sur une flaque d'eau.

« Te veux l'appenre la saboterie ou la navigation au chtit ? » ironise Coquelicot.

La démonstration fait simplement rire Jean et s'interroger plus encore les sabotiers. On murmure.

« Y vire moitié bredin, le singe. »

Ils ont laissé les outils, font cercle, car moitié nigaud ou pas, le patron s'obstine :

« … Aga, j'allais sur la mer, c'est de l'eau grand comme le ciel, et sur un bateau. Ba-teau…

– Sabot ! » dit Jean, qui veut bien faire un effort.

Tire-Vinaigre montre sa science :

« J'a pêchâ din une santine vé le lac du Mayet. »

L'Amirau soupire, mais poursuit :

« Écoute, ba-teau. Le mien était beaucoup plus gros que ça, plus grand qu'une maison, gros comme une église. Mais une église en bois… »

Il se tourne vers ses sabotiers :

« … et dedin c'étaient pas des enfants de chœur ! »

Coquelicot se fait songeur :

« Ça sera beau une éyèse en baou… J'y rentrera bien sans besoin d'enterrement. »

L'Aguenaud lui tapote l'épaule, d'un geste large montre la montagne, la forêt :

« Et ça, c'est quoi ? C'est pas une église en bois ?

— Bon, tretous au travail ! »

XVII

Sur la route

DES CHAUSSEURS DE VICHY ET CUSSET doivent attendre ébauches et sabots finis. Le beau temps semble se maintenir, la route ne sera pas trop mauvaise et l'occasion bonne pour une expédition vers la plaine. Les lots seront transportés à dos de sabotiers jusqu'au plus proche chemin. Ils seront chargés sur l'attelage à deux vaches d'un laboureur-voiturier de La Chabanne.

Le Darbon a des enfants mariés en bas et Coquelicot des fourmis dans les jambes, ils accompagneront le patron. L'Amirau propose que cette fois Jean soit aussi du voyage.

« Veut encore lui faire voir le monde, commente le Pluche.

— Et pour du monde, y a du beau monde à Vichaï », approuve Coquelicot en habitué de cette ville qu'il a déjà vue trois fois.

Il trouve l'idée excellente, ajoute qu'avec le petit il faut descendre une bauge des petits bonshommes et des sabots vizelés par Jean.

Il trouvera à les montrer, à les vendre, avec tous les bourgeois et les princes qui viennent boire de l'eau, on peut faire des sous. Coquelicot affirme avoir vu « des rois turcs d'Afrique habillés comme ceux de la crèche distribuer des pièces d'or comme des dragées de baptême », et conclut :

« À Vichaï on gagne plus vite une pistole qu'ici-amont un sou…

— Alors pourquoi t'y restes pas…

— Hé, à cause qu'à Vichaï je dépense dix pistoles plus facilement qu'un demi-sou ici-amont. Et puis je vous manquerais. »

Et il raconte, ébloui, à Jean :

« Te verras, à Vichaï y a des maisons partout, et grandes, montées les unes sur les autres, des chevaux plus qu'y en aura jamais dans toute la Montagne. Mais y servent qu'à proumenâ. Te verras des môssieurs en dimanche tous les jours de la semaine, des dames habillées comme des estatues de Marie, des militaires erluisants comme des poêlons neufs, des étrangers de loin avec des biaudes en soie. Te verras le chemin de fer qui fume plus qu'une quinaude et fait du bruit comme cent tounarres. Te verras des endrets où qu'on payâ pour boire de l'eau et des endrets où qu'on payâ encore pour pissâ ! Si. Et on ira au musical, là te verras des gâtes… »

Ils ont passé au pied des grands rochers de Saint-Vincent et de la Pierre-Encize. Ces gardiens d'anciens sentiers vers le pays du haut, figés dans le temps et la broussaille, ne servent plus qu'à orienter le chemin. Repaires de soudards devenus repères des marcheurs.

Jean a le souvenir d'un autre voyage avec une charrette de sabots, celle-là est plus modeste, mais aujourd'hui il est dessus au soleil, ou à côté, pas caché dedans. Surtout, il n'a plus froid et peur. Il y a longtemps qu'il n'a plus peur de rien, pas même du mot « gendarme » qui jadis l'avait fait se cacher et s'enfuir. Protégé par la forêt il se sent fort, même dans ses rêves. Il ne comprend pas toujours les humains, leurs mots, le pourquoi de leur rire ou de leur peine, mais au moins il ne les sent plus hostiles.

Avant la vie se partageait en doux et dur sans qu'il puisse comprendre et encore moins agir. À présent il est libre sous les arbres, assuré de voir dans ses mains le bois se faire à son idée, heureux à peu près tout le temps.

À Ferrières la charrette des sabotiers est rejointe par trois chars de planches venus des flancs du Montoncel, tirés par deux paires de vaches, liées chacune par le joug et une longue habitude, menées à l'aiguillon par des forestiers de la tribu des Pions. Quelques-uns portent encore le bonnet phrygien et la longue blouse blanche à la mode ancienne de Lavoine. Les autres sont en gilet ou blouse noire, brayes de velours et grand chapeau de feutre. Ils descendent vers Vichy, feront route commune.

Comme les sabotiers, les scieurs ont hissé sur leur chargement le fourrage des bêtes, les sacs pour le fromage et le pain, tonnelets et outres pour le vin.

Aux entrepôts d'embouteillage leurs planches deviendront massives caisses pour l'emballage des bouteilles d'eaux de Vichy et, comme ces bateaux qui ne font que descendre la rivière, les chars seront débités en ville, vendus pour bois de chauffage. Les vaches remonteront portant les roues et leur ration de retour sur le dos.

Deux Pions, Six-Liards et le Cajot, ne partent jamais sans la vielle et la cornemuse pour la musique. Ils sont bien meilleurs bûcherons que musiciens, mais ça donne du mouvement, de la gaieté. Enfin, cela en donne généralement, parce qu'en ce moment ils ont entrepris un air de triste complainte qui met de la langueur au cœur des hommes et dans le pas des vaches. La cornemuse du Cajot est une cabrette, elle se gonfle par un soufflet sous le bras, en jouant du coude, ce qui laisse la bouche libre et permet de chanter. Et ils chantent la complainte de leur village, celle du temps où le roi leur avait envoyé ses dragons au petit matin, pour une malheureuse histoire de percepteur rôti dans le four à pain, ou massacré à coup de balais par les femmes, l'histoire diverge sur ce détail. Ils la diront ou la chanteront toujours comme si c'était arrivé la semaine d'avant.

« *Écoutez tous le réciti*
D'un village tout près d'ici
Lou habitants de chi Pions
Sont trétous de bons lurons
Mais lou vaillants dragons
Sont venus renversâ lou Pions…
Piago, Béliaud emmenottés
Adjeu Ferriè et not' curé
Adjeu femmes et enfants… »

Et ça dure comme ça avec tous les détails et liens de parenté pendant une bonne lieue, une longue lieue à cadence de vaches nostalgiques, jusqu'à l'issue fatale et finale :

« … Sur la place d'Allier
Huit pauvres particuliers
Montèrent sur l'échaffa… »

Dans le même temps on passe devant Cheval-Rigon, qui fut paroisse et n'est plus qu'un hameau. Sur la droite au-dessus des vignes, les fortifications ruinées de Mont-Gilbert se dressent dans la ronce et le taillis.

« C'est l'antre de l'ogre Rodrigo, le cruel mercenaire espagnol », rappelle le Darbon en panne de dicton pour exprimer la féroce majesté de la forteresse abattue.

Et pendant quelques lieues encore, tous s'imaginent en ces temps de terreur. Mais le grondement épouvantable qui s'amplifie n'est pas celui du galop des soudards, du fardier de la mort, de la « demoiselle aux os pointus ». Plus banalement les essieux de bois des chars de planches chauffent, fument. On se précipite sans trop de hâte avec des seaux pour puiser l'eau du Sichon, on arrose les barres de bois, comme toujours, c'est tout simple. Et l'on repart.

En veine d'histoire, et pour se désennuyer, le Darbon raconte l'époque encore proche où les carrioles d'ici n'avaient aucune pièce métallique. Il peut même préciser à Coquelicot, tout à fait indifférent à la chose, et à l'Amirau qui semble soucieux depuis le matin, que lui, le Darbon, a vu enfant forger le premier char à moyeux et armature de fer.

Par Mazioux le charron de la Bletterie, il l'a vendu à Gros Louis, voilà près de cinquante ans. Et le vieux d'assurer :

« En mai bois de châtaignier vaut cent fers rouillés. »

Mais pourquoi donc en mai seulement.

« Hé, on arrive chi les Naïzats ! »

Plus bas le Sichon sort de ses gorges, s'étale sur quelques minces prairies, sans être encore tout à fait dans la plaine, on arrive au pied de la montagne.

Est-ce l'effet du discours du Darbon, de la lenteur du voyage ou du changement d'air ? Les yeux de Jean se ferment malgré les cahots de la route, les claquements des sabots, les grincements des chars.

« Arrounnes en bas ! »

Il dort tout à fait quand la cabrette du Cajot salue à la façon d'une trompette folâtre le clocher aperçu au bas d'un grand virage.

« Laisse-le, à son âge on dormirait mieux sur un sac de noyaux de pêches. »

En fait le dossier de sabots n'est pas plus confortable. L'Amirau rajuste la pèlerine de Jean et par-dessus pose sa veste de velours.

On fera étape pour une nuit à Arronnes. Mais les bêtes pansées et avant d'aller dormir dans la paille entre les roues des charrettes, s'impose une veillée au café de Bargoin le cornemuseu. L'aubergiste-musicien cultive sa renommée, se fait connaître en ville. Il a placardé sur le mur un grand portrait de lui, avec instrument et en habit rustique. On vient de loin pour l'entendre. Le dimanche et en été, il reçoit du bourgeois, de fines calèches encombrent la route.

Mais ce soir pas d'habit élégant ni de robe à la mode de Paris dans la salle. On est entre soi, entre voituriers montants et descendants, maquignons, bûcherons, paysans, ambulants.

Dans le brouhaha de l'auberge, tous se retrouvent autour d'un pichet.

Bargoin salue les sabotiers, prend l'Amirau à part, l'entraîne sur le seuil :

« Tes comédiens, rien à faire, disparus, envolés. Autant chercher un pois dans le fenau. Depuis des années personne les a revus… et pour le Kozak, ses cheveux blancs le changeront pas, toujours le mot trop haut et le poing facile et à vouloir que les choses soient autrement, le rageu ! Te rappelles, le soir ici où il voulait me faire jouer *La Marseillaise* à la cormuse pour mener les pésans sur la prison d'Cusset, le rageu !

— Ça ! Drôle de cure qu'il avait fait le Kozak…

— Des Parisiens m'ont dit qu'il a un peu trop brelotté un député dans un métingue, les journaux en ont parlé. L'en a pris pour un an, mais il s'est ensauvé…

— …et il a tornâ là-bas, cette fois de son bon vouloir. Enfin si on peut dire, ça je sais » dit l'Amirau.

Montrant Jean dans la pénombre, le musicien demande :

« Sur ton char d'isclots, c'est lui ?

— C'est lui. Le vieux de Renaison m'a raconté. Un bon homme ce vieux, le chtit a eu de la chance.

— Et lui… ce serait… lui ?

— Je crois, dit l'Amirau.

— L'a pas de souvenance ?

— Il était bin petit, presqu'un bouinas, et puis, c'est pas un parlatif ce gars, mais bon gars…

— Tu lui as rin dit ?

— Pour ça faurait être sûr de sûr, et puis qu'il puisse comprendre toutes ces choses, et puis il est là, c'est bien, je le lâche plus… » murmure l'Amirau.

On ne s'entend plus. Dans la salle, c'est des jurons, des cris. Les Pions ne concevraient pas d'aller boire au café sans un soupçon d'empoignade, sans faire voler quelques meubles.

Des bancs se renversent, on frappe du poing sur les tables de merisier devenues poisseuses, les verres dansent et un pichon à demi vidé, une roquille encore pleine se renversent, se fracassent sur les dalles éclaboussant de rouge les sabots et les brayes.

On ferme les poing, on se prend le col.

On se traite de minable voleur de poule.

« Chtit robeu de jâlinâ ! »

On s'envoie sa paroisse à la figure :

« Mouille-étron de Prugnard !

— Boug'mâtin de Chien-vert ! »

Le ton monte.

« Cré séquelle ! Antéchrist ! »

Bargoin et deux valets veillent que l'empoignade ne dépasse pas les limites de la civilité. Ils n'auront pas à intervenir, brusquement, sans que l'on ait compris pourquoi, on se serre les mains, on s'étreint, on s'embrasse et les serments d'amitié pissent aussi longs que les insultes précédentes.

Bargoin ne laisse pas passer l'éclaircie, monte sur l'estrade. Les deux musiciens Pions veulent se joindre à lui. Refuser serait malvenu et risqué, et après tout on est entre soi cette nuit.

« Para bien la dansâ

La petite Auvergnate… »

Les tables sont poussées, ça tape du talon, ça balance les bras. On saute poing levé.

Ce n'est pas un bal mais une simple halte de rustiques voyageurs, et les femmes sont rares, alors la bourrée dégénère vite en une démonstration d'athlétisme. C'est à qui sautera le plus haut, tapera le plus fort du talon. Même le Darbon et un autre chenu veulent montrer que malgré les ans et les journées de route, ils ont encore du souffle et des jambes. Tant pis si on doit tout à l'heure les porter sur la paille.

XVIII

Vichy le neuf

ROMPUS, EMPOUSSIÉRÉS par trois jours de route depuis les bois de la Goutte-Griffier, les sabotiers sont à Vichy, les lots de sabots entreposés entre Sichon et maisons à pans de bois du vieux Cusset. Jean, l'Amirau et Coquelicot ont laissé le Darbon chez ses enfants qui cultivent la rose et la salade derrière la voie du chemin de fer, autour des vastes bâtiments du nouvel hospice.

Des maisons blanches, de larges avenues, les taches vertes des jardins et des parcs, c'est une ville nouvelle, sa transformation ne date que des séjours de Napoléon III, il y a moins de quarante ans. Tout est neuf, ou presque, du Casino à la gare, de l'église Saint-Louis au pont sur l'Allier. Et l'on construit toujours, là des toits sont à peine posés qu'à côté s'ouvrent les tranchées d'une autre rue. Transmutant l'eau en or et sa saison en mode, Vichy a depuis quelques décennies la fièvre de la pierre.

Le nouveau Vichy mêle dans l'harmonie toute personnelle de ses façades le gothique de salon et le néo-renaissance, la Haute-Égypte et le Bas-Empire, le modern style et le mauresque auvergnat. De même façon elle brasse en une seule foule la haute-finance et le bastringue, le grand luxe et la petite vertu, la cirrhose coloniale et l'anémie virginale, le roi belge en exercice et l'employé berrichon au repos.

Et ce peuple au gosier humide, au pas traînant, a son canton : le parc dit ancien. Le Casino à un bout, un établissement de bain à l'autre et une double rangée d'hôtels à droite et à gauche l'encadrent. C'est la fosse des élégances et des rumeurs, la piste des mondanités, le grand cirque des rencontres et des galanteries sous les marronniers et les platanes, le promenoir est la scène d'un théâtre de plein air où l'on est vu et où l'on voit.

Les montagnards logent à deux pas de là, mais dans un autre siècle. En tournant le dos à la fête thermale de ce début de saison, on s'enfonce dans le vieux Vichy par d'obscures ruelles étroites et raides de pente, on se perd dans un nœud de passages étranglant l'église Saint-Blaise, petite et sombre, serrant un donjon portant horloge, où l'on peut monter pour la vue. Le pourboire est facultatif.

Peu à peu coincées dans l'étau de la nouvelle ville, les maisons tassées, irrégulières, ont quatre ou cinq cents ans. On en trouve encore d'allure bourgeoise, avec de belles pierres, de fines tourelles, des fenêtres à petits carreaux de couleur, de lourdes portes vernies, mais d'autres ne sont plus entretenues, virent au taudis, sont même abandonnées, leurs habitants morts ou partis pour cet autre temps qui se bâtit et prospère de l'autre côté de la rue.

Seuls résistent là dans une hautaine fidélité quelques austères bourgeois de souche et tout un petit peuple accroché à ses échoppes borgnes, ses cafés aveugles et sa Vierge noire.

Sennepin est occupé par la vente des sabots, préoccupé par de mystérieux rendez-vous où il va seul. Coquelicot aussi a un rendez-vous aujourd'hui, et pas avec n'importe qui : un marchand d'art de Paris.

Comment Gustin Dassot, dit Coquelicot, creuseur de la Bletterie a-t-il bien pu se faire connaître de Xavier Alexandre galeriste distingué bien que non-conformiste sur la rive gauche de la Seine ?

Oh, c'est tout simple et c'est Vichy. Coquelicot est cousin du mingeu d'argent.

Ce gaillard d'un hameau des flancs du Montoncel, doté d'un large gosier et d'un estomac solide, a pour spécialité saisonnière de divertir les curistes en se nourrissant de monnaie. Avec force gestes et grimaces, il fait mine de mastiquer les pièces qu'on lui donne et les avale comme des pilules. Le soir il récupère sa recette de la manière la plus naturelle. Sur le parc, le mingeu fait souvent son numéro près de Gilbert, un peintre qui, lui, assure son casse-croûte en croquant à la demande et sur le vif des portraits d'élégantes et de bourgeois. Gilbert vend parfois une toile à Xavier Alexandre.

Et voilà comment Coquelicot arrivé deux jours plus tôt à Vichy sur une charrette de sabots a rendez-vous matinal avec monsieur Alexandre, amateur éclairé, négociant d'art avisé.

Coquelicot s'est fait beau. Il s'est lavé museau et pieds, a retourné son gilet côté propre, brossé son bonnet et sa vieille veste. Il en bourre les poches d'une paire de sabots vizelés et de quelques petits bonshommes taillés par Jean. Il force le garçon à vêtir sa pèlerine trop courte, « ça cache tout », tente d'en atténuer une tache avec un petas mouillé. Explique :

« Faut pas qu'on ait l'air de brayauds… »

Ils ont rendez-vous au Petit Tonneau, place des Quatre-Chemins, remontent la rue de Nîmes.

Un défilé de musique passe, ne célébrant rien d'autre que le milieu du printemps. Sous les arbres du parvis de l'église Saint-Louis des forains ont dressé leur tente. Entre le bureau de tabac et les becs de gaz, un arc de triomphe en feuillage est tendu en l'honneur d'un souverain persan.

« Tu vois, je t'avais dit… »

Coquelicot désigne un nabot un peu gras, en djellaba brodée. Au hasard de sa promenade l'exotique donne à qui en veut bien, non de l'or mais les pièces de vingt sous que lui tend dans une bourse ouverte un serviteur à turban et pantalon bouffant. Le nabab au regard triste distribue sans conviction, on a dû lui dire qu'ici c'est la coutume.

Mais ce n'est pas l'Oriental que Jean regarde. Il vient de voir dans le mouvement de la rue le chapeau que portait Toinette pour aller à la foire, et sous les deux bonjours de paille, le visage aux joues roses lui semble doux. C'est une jeune laitière transportant ses bidons sur une charrette à âne, elle vient d'un village proche, Vesse ou bien Hauterive et porte le costume bourbonnais d'hier, c'est bon pour le commerce, plaît aux visiteurs.

Jean est ravi, tire Coquelicot par la manche et dit :

« L'est gintâ. »

Coquelicot s'étonne, jolie qui, quoi ? Le gros roi mage ? Même en robe… ! Mais il suit le regard heureux et fasciné de Jean, remarque lui aussi la jeunette.

« Bin mon gars ! Te caches ton jeu. Ça proumet. »

Au coin des rues de Paris et de Nîmes, Coquelicot se mêle à la clientèle de la papeterie-tabac-journaux. Il ressort avec une chique de tabac pour la gourmandise, la goûte sans attendre, et un journal. Mais pourquoi faire un journal ? Parce que sous le bras ça fait distingué, c'est tout.

Près de la station aux fiacres, victorias et omnibus à deux chevaux, ils entrent dans le café Au Petit Tonneau. Au bout de la salle, Xavier Alexandre les attend.

Encore jeune il cherche à se vieillir d'une mince moustache noire et de lorgnons retenus par un cordon. Marchand, il veut se donner le genre rapin avec feutre plat et lavallière nouée large. Sérieux, il s'affiche noceur au bras d'une brune grasse, avec une ombre de duvet sous la poudre et la voilette, la taille cambrée dans une robe à ramages rose et crème.

« C'est eux, mes artistes en sabots, là ! le grand rougeaud en gaulois et le petit noiraud en curé de campagne. Des natifs. »

Elle pouffe dans son cou :

« Très high-life tes protégés, Sassa. Un triomphe pour mon five o'clock, pfffou ! »

Il observe Jean, ne répond pas. Elle le chatouille :

« Ne prends pas ton air patronizing Sassa, tu t'enlaidis mon poussin. C'est avec ça que tu comptes faire le leader article du Figaro ?!

— … le type de tête du jeune, le Mozart du ciseau à bois, trop pâle pour être nègre, trop noir pour être blanc. Un sang mêlé… ?

— Ou un Auverpin du Plateau, pur chic-pur cochon.

— Et là tu connais cocotte, ma vraie Parisienne fin de siècle, dans le train… celui de Clermont-Ferrand, fouchtra !

— Je boude. »

Il lui pince la taille sous la table. Elle lui frappe les doigts d'un coup d'ombrelle.

Dans l'entrée Jean et Coquelicot piétinent, font obstacle à la circulation. Monsieur Alexandre les hèle enfin, leur fait signe, « par ici messieurs », dit deux mots au garçon en tablier blanc, les invite à s'asseoir.

Le garçon sert avec une dignité dégoûtée et des verres minuscules d'indistinctes boissons. Coquelicot préfère :

« Une verte ! » Car il est à la ville ou pas !

On lui porte une absinthe, avec sucre, cuillère, eau, un sourire contraint. Il met le sucre dans sa poche, repousse cuillère et pichet, aspire une bonne moitié de la liqueur et pose enfin son journal, bien en vue sur un coin de la table de marbre.

Sabots étalés dans le passage, Coquelicot regarde autour de lui l'impression qu'il doit faire. Et sans doute satisfait crache un jus noirâtre au ras d'une bottine vernie.

Il ôte son bonnet et enchaîne :

« Moi pour la chose de l'ouvrage du baou, je suis meyeu spécialiste de l'en-dedans, et l'en-dedans pour la chose artistique, hein… ! Le Gilbert a dû vous causer, c'est pour le chtit ici là, et… »

Essoufflé d'un aussi long discours, il lampe sa verte, claque du doigt vers le garçon et vide ses poches sur le marbre…

« … V'là l'ouvrage ! »

Jean est assis à toucher la brune en robe couleur fraises des bois, quand on les cueille trop mures. Les dents brillantes qu'elle montre à tout propos l'inquiètent, son parfum l'étourdit. Elle sent le sucre, la chèvre et la fleur. Mais une fleur trop en fleur. Le garçon s'agite, tire sur le bas de sa pèlerine.

Xavier Alexandre parle de lui.

Les sabots, non. Du « folk-lore », certes les motifs sont intéressants, mais des sabots, non, « le folk-lore est très fin de siècle en ce moment » mais n'est pas sa partie. Par contre les sujets, ainsi qu'il désigne les petits bonshommes, on peut en parler. Et il parle, longtemps, de sorcellerie médiévale et de paganisme africain, de fétichisme papou et de chapiteaux romans. Il en sait des choses cet amateur, il reconnaît que oui, la « façon des sujets est belle ».

« V'là l'ouvrage », ponctue Coquelicot en reposant son second verre d'absinthe.

Et cette patine, ce savant dégradé de brun, comment fait-on ?

« De la fumée… explique Coquelicot.

— Ah.

— … et puis de l'eu de poule, pas trop…

— Bien !

— … et puis du pissâ.

— Euh… »

Monsieur Alexandre suppose qu'on a autre chose à montrer, que ce garçon continue à produire. Les bras de Coquelicot dessinent une montagne.

Mais il a des frais, beaucoup de frais monsieur Alexandre, la situation est difficile, les amateurs incertains, et inversement. D'une liasse le marchand tire trois billets. Voila tout ce qu'il peut proposer. Trois cents francs, c'est une belle somme pour Coquelicot, le prix d'une dizaine de petits cochons de lait sur la foire du Mayet, un an de gages de chtit commis ! Mais il grimace, il espérait des pièces, pas ce papier qui se déchire, peut brûler et vaut quoi, en vrai ? Le marchand se méprend, pour lui c'est une soirée avec Cocotte. Lorsqu'elle est sage.

Il ajoute un billet, un autre. Coquelicot ne bouge pas. Son amie semble comprendre, sort un louis d'or de son petit sac et le pose du bout des doigts sur le tas en murmurant à l'oreille du jeune marchand :

« Tu m'en devras deux. »

L'affaire est conclue, billets et pièce dans la poche de Coquelicot, mais monsieur Alexandre veut le reste, que l'on en fasse encore, un peu plus grands si possible, que l'on n'en cède à personne d'autre. Il faudrait aussi faire connaître ce jeune prodige. Il pense monter quelque chose un jour, peut-être même ici, au Cercle. Ce garçon n'a-t-il pas d'autre habit ? Où peut-on vous écrire ?

Coquelicot promet tout ce qu'on veut, qu'il écrive au Mayet, Léonard fera suivre. Il prend les sabots refusés, les pose devant la brune et s'inclinant, le plus galant possible :

« Ça, c'est, pour la dame. »

Ils ont maintenant le temps de bader dans la ville. Le sabotier a tapoté sa poche en disant :

« Hein, t'as vu ! Et c'est pour toi. »

Jean sourit. Non pour la pièce et les billets, il en voit mal l'utilité, mais de l'intérêt montré pour ses petits bonshommes. Comme s'ils devenaient un peu plus vivants. Et ce parfum l'étourdit encore. Et revient devant ses yeux le souvenir de la laitière.

Dans une rue entre deux parcs, elle est là, en pierre. En levant le nez il vient de la reconnaître sur la façade du Casino, mais sans le petit chapeau de paille, et toute nue sous un grand tablier. Elle tient sur son épaule un bidon de lait sans voir qu'elle en renverse, un bébé à ses pieds suce son pouce dans les roseaux, un autre tend son bol pour que le lait ne se perde pas tout.

« C'est la nymphe des eaux, de monsieur Carrier-Belleuse », dit un curiste en veste blanche, surpris par l'intense émotion artistique du garçon.

Jean a trop chaud, pose sa pélerine sur le bras.

« On va goûter l'eau », propose le sabotier.

La source bouillonne dans son pavillon rond.

Les donneuses d'eau en longues blouses vertes, coiffées de petits bonnets, dosent à la demande. Sur un espalier pendent les verres gradués des curistes. Un panneau interdit de fumer, une pendule ronde donne l'heure des potions.

Dans une salle voisine, des dames, grimpées sur des claies de bois et chacune face à son évier, se rincent la gorge avec de gros bruits et de petits gestes.

Jean a dû boire de la source Chomel, coupée avec du lait et du sirop, c'est paraît-il très bon pour les rhumes. Il n'est pas enrhumé, ça ne fait rien, c'est pris d'avance pour quand il le sera.

Coquelicot tente un doigt de Mesdames dans un grand verre de vin, il y a du fer, ça fortifie.

Mesdames est de loin la source préférée de Coquelicot, on y voit de fragiles personnes pâles tendant de blanches mains aux doigts effilés. Ça le fait rêver, le sabotier, mais il soupire en songeant « qu'une fumelle comme ça fanerait en un jour dans la cabane ».

Chez la logeuse du Vieux-Vichy, l'Amirau est tout fier de Jean.

« Tu vas gagner bientôt mieux que moi, pour les sabots ça va tout doux maintenant. Le Naude là-haut nous mange encore la laine sur le dos. On remonte demain, mais ce soir on va au musical. »

Ils iront sans Coquelicot, il a une visite urgente à faire ce soir à la gare, enfin derrière la gare. En passant il portera le reste des bonshommes à l'hôtel de monsieur Alexandre.

XIX

Chemin de nuages

QUAND JEAN REVIENT joues et mains griffées, culottes terreuses, quand il rentre de ses escapades de plusieurs jours dans la forêt, l'Amirau se met en colère :

« Boug' d'arcandier, on t'a charchâ mandrigot, t'es là pour appenre, pas pour gabauder dans les bois. »

Et le garçon baisse la tête, va s'enterrer au fond de sa loge, dort une demi-journée d'affilée et revient à son hachon, à sa chavette comme si de rien n'était.

Mais quand il hurle, il ne dit pas ce qu'il voudrait dire l'Amirau. Apprendre, Jean en sait maintenant autant que lui. Un temps vient où l'on ne progresse plus que seul, avec les outils faits peu à peu à sa main. S'il faut des années et des années pour faire d'un bûcheur de bois un bon sabotier, il faut toute une vie pour avoir une idée de ce qu'on ne saura jamais faire. Et Jean travaille, à son gré, mais toujours dans la bonne direction.

Non, ce que voudrait crier l'Amirau, c'est qu'il est inquiet quand la nuit vient et que Jean ne rentre pas. Jean est chez lui dans les bois, il les connaît plus qu'un chapoteur après dix ou vingt ans de loge, les renifle mieux qu'un braconnier. Mais l'Amirau a peur pour lui de ces trous d'eau invisibles sous l'herbe où l'on peut disparaître, il a peur de ces rochers pourris qui cèdent brusquement, il a peur de ces mauvaises bêtes qui rampent dans les brindilles et vous piquent au talon. On lui a dit et redit à l'Amirau :

« Des fois, te simble la jâlinâ ! »

Mère poule lui, allons donc… Ce n'est pas le mot qui convient. S'ils savaient ! Ils riraient peut-être plus encore. Mais il ne s'est confié qu'à l'Aguenaud. Il ne l'a pas regretté, l'ermite ne s'étonne de rien, il a simplement sourit et à eux deux ils ont même pu mettre ensemble deux bouts de l'histoire, comme un chemin de nuages entre la mer et ces montagnes. Enfin, si Jean est bien Yvan ?

Mais il sent qu'il vieillit l'Amirau, alors que Jean grandit. Il lui a transmis ce qu'il sait faire sur un chantier de montagne. Et pour le reste…

À Lanarce, Cadet n'a jamais manqué d'ouvrage quand il en eut l'envie et le besoin. Ces dernières années, des chariots débordants de sabots et d'échelles, transbordés au P.L.M. de Lapalisse sont partis vers Paris. Des wagons entiers pour monsieur Crawford-Duval.

« Pour chausser toute l'Île-de-France et les ouvriers de l'Exposition universelle », avait dit le client du Naude.

Quand Naude l'annonça à la mairie et Martin à l'auberge, tout le monde a douté, hoché la tête en se demandant ce qu'est « précisamint une exposition universelle ».

Personne ne doute plus. Dans les loges ou l'atelier du bourg, tous les hommes de Lanarce ont plus ou moins travaillé pour le Naude. À part l'Amirau et ses hommes, on ne leur a rien demandé et ils auraient refusé, Naude a embauché des équipes dans tout le reste du pays, à Saint-Nicolas et même jusqu'à Laprugne où pour un temps certains ne sont pas partis pour leur Cantal. Tout le monde est payé, et sans attendre le règlement des factures.

Les notaires du Mayet, d'Arfeuilles, de Saint-Clément avaient l'un après l'autre refusé leur aide. Naude y voyait une jalousie politique et la confirmation de sa réussite tout en s'emportant contre ces « chtits môssieurs qui pètent plus haut que leur veste à coua et voudraient faire revenir le temps des rois ».

Qu'importe, il a trouvé de l'argent auprès d'un banquier de Vichy, c'était tout simple, il suffisait de signer des papiers. Des coupes de bois, surestimées, servirent de garantie, un petit billet à en-tête de la République et de la main du docteur, recommandant son « ami Félix Charrier élu d'avenir et industriel avisé », avaient bien aidé.

Sabotiers et menuisiers, de profession ou d'occasion, ont trouvé leur compte aux « sabots de l'Expo ». Lanarce sait maintenant la signification du mot. Mal-Garni a parfois des goûts de luxe et pour faire comme les bourgeois de la ville, il tapisse ses murs de « papier-peint », des gravures découpées dans de vieux journaux. Au-dessus de la maie où il range aussi son eau-de-vie de vipères, est collée la « cérémonie des récompenses de l'Exposition universelle » du *Journal illustré*. Il s'agit en fait de l'Exposition de 1878 et dans le gris on ne distingue qu'une sorte de hangar immense peuplé de drapeaux et de hauts-de-forme, mais cela suffit pour rêver : tous les pays du monde et Lanarce en est.

La moitié du bourg a défilé chez le gougneur pour contempler la gravure.

L'influence du maire de Lanarce s'étend. On lui demande conseil. Aux foires, des gens qu'il ne connaissait pas le saluent. On le flatte en l'appelant roi du sabot.

Le sorcier Matagot qui se vante aussi d'art héraldique lui dessine un blason à usage de talisman, « azur chapé de gueules, avec sabot d'argent en abîme », des couleurs rappelant la position de la Montagne entre les anciennes provinces du Bourbonnais et d'Auvergne, et tout ce bleu, rouge et blanc reste très républicain.

Pour le prix d'un veau, le savant d'Isserpent a proposé d'établir une filiation avec le seigneur inconnu enterré dans l'église de Lanarce, puis avec les Bardonnet du Martel pour une vache et en cherchant bien, pourquoi pas les Chabannes. Mais là un troupeau pouvait y passer. Naude garde le sens du ridicule, il a rangé sous une pile de draps de chanvre ce parchemin qui lui coûta cent francs.

Marie-Louise rayonne sous un nouveau chapeau à voilette. Seul Joseph bougonne un peu plus dans sa moustache blanche et perd le sommeil, une grosse partie de l'organisation du travail lui est revenue.

Avec une canne dont il apprend à jouer comme d'un charme de plus, Martin a repris ses tournées. Aux foires de Varennes et Lapalisse, on l'appelle maintenant Patte-Caffe, puis le Caffe tout court, l'impair. Le surnom remonte jusqu'à Lanarce. Au bourg le temps lui durait trop, dès qu'il a pu il a préféré courir foires et auberges pour entretenir les débouchés de la boutique, en trouver de nouveaux. Le gros de la production part pour Paris, mais on dit que les Charrier ne semblent jamais avoir assez. Tant pis s'il faut faire des prix, on s'assure une clientèle, les commandes de monsieur Crawfort-Duval compenseront. On a même vu le Caffe du côté de la Loire. Et l'argent rentre, pour le moment.

Son humble fortune, Jean l'a cachée dans une boîte en fer. Mais où a-t-il vu faire cela ? Le modeste trésor est enfoui dans un trou connu de lui seul vers les ruines, non loin de la cellule de l'Aguenaud et du chêne qu'il a entrepris de sculpter.

Le chêne n'aurait jamais dû s'épanouir. Là c'est trop haut pour ceux de son espèce, ils sont rares, viennent mal, restent rabougris, trois coups de cognée en font du petit bois, leur canton est deux étages plus bas. Mais lui en quelques siècles a poussé large, contre toute nature. Une nuit de juin, la foudre l'a fracassé.

Il n'en est resté qu'un tronc écorcé à hauteur et demie d'homme, sorte de bois levé, comme on dit des pierres levées.

Quand il n'est pas en route ou aux sabots, Jean taille ce bois dur. Au hachon, à la cuillère, au couteau même, il en fait une sorte de raide géant barbare, tatoué de reliefs. Il lui faudrait des années pour en faire le tour, et c'est peut-être ce qui lui plaît. L'Aguenaud vient parfois s'asseoir derrière lui, avec son Livre qu'il lit à mi-voix.

Pour son châgne Jean a délaissé un temps ses petits bonshommes, mais monsieur Alexandre semble avoir d'autres soucis.

Jean quitte parfois le bois. Au plus près, il va à Lanarce. Veut-il visiter d'abord Cadet ? Génie ? Ou bien le très vieux Chabouni qui, un matin froid, a quitté la loge pour s'en retourner au bout du bourg finir sa vie de chien ? Ou la petite Clémentine ? Avant d'aller là-bas, il taille toujours pour elle un oiseau faisant sifflet, une toupie, un pantin ou bien un petit âne de bois.

Il sait se retrouver sur le passage du Grand Gaille. Le voiturier au chapeau rond voit le garçon assis sur une pierre au bord de la route, ou débouler comme un lièvre d'un buisson. Gaille est content, sait qu'il pourra raconter tout son saoul, ce sauvage aime l'écouter.

« Djaté ! Vois là-haut, un jour sur le Carry… »

Il l'a conduit une fois au Mayet. Jean en est revenu tout enrêvé, avec des gâteaux dans ses poches et sur les lèvres un air de chanson lente qu'il essayait de fredonner.

Un autre jour de fin avril, Gaille le descend jusqu'à Renaison où son succès de tailleur de bois est déjà bien connu. Au moins dans le voisinage immédiat du café de Mélie.

Piassou l'a pris à part, autant qu'il est possible dans ce café trop tranquille, et après avoir longuement hésité murmure au garçon :

« Maintenant que t'es en âge, faut que je te dise, il y a longtemps une femme est venue demander après toi, mais j'ai rien dit, elle avait trop mauvais genre, pas un genre d'ici. Je sais pas si j'ai bien fait, enfin t'as trouvé ton chemin tout seul… »

Le vieux Piassou frôle l'attaque quand ce gamin grandi, en guise de réponse, pose devant lui sur la table un louis d'or :

« Pour le coutchau, Piassou…

— Il se rappelle, il se rappelle ! s'étrangle le vieux. Mais j'avais dit un sou, juste un petit sou pour pas couper l'amitié. Ça je peux pas le prendre… Un sou, c'est tout. »

Jean est désolé. Il n'a pas de sou dans sa poche, juste ce jaunet. Piassou le glisse enfin dans son gousset, tout de même gêné par les moqueries du regard de Mélie et de Madeleine qui se raille :

« C'est juste un sou qu'a tant seurement profité, comme le Jean-Jean. À croire que les gars et les sous ça leur va beaucoup l'air de là-haut. »

Elle aussi a bien profité la Mado, elle a grandi avec les années, pas tant en hauteur qu'en rondeur de fesses et de gorge. Elle porte encore la coiffe qui la flatte, la hausse, met un peu d'ampleur à ses cheveux raides.

Mélie rabroue sa petite-fille :

« Et les sous et les gars toi, ça te ferait monter sur le couvert sans échelle pour qu'on te voit mieux. Et ramasse donc ces verres au lieu de faire le revari du buffet avec une patte à vaisselle. Sans goût ! »

Piassou s'accroche au bras de Jean :

« Ton… ton p'tit sou, je te le placerai, pour toi, et clignant de l'œil vers la jeune fille il ajoute, pour son ménage…

Madeleine hausse les épaules en soupirant, mimique qu'elle tient de sa grand-mère, et frottant d'un chiffon la table aux bouteilles pense tout haut que décidément, plus c'est vieux plus c'est jarjou.

Mélie regarde les mains de Jean :

« Faudra que je te tricote d'autres mites. »

Madeleine soupire encore plus fort :

« N'est pas encore à l'hiver, n'arrive juste au mai ce soir, et elle ajoute brusquement, le Jean-Jean, il peut venir chanter ?

— S'il veut… »

Mélie reste songeuse. C'est pas qu'elle s'intéresserait ? Quand même il est encore bien jeune ce mimi, malgré son air de sauvage, ses mains de menuisier. Quand il est arrivé là dans le charri du Plié, c'était hier. Et Madeleine qui demande ça comme une permission, comme si elle, la vieille Mélie, avait le pouvoir d'autoriser ou d'interdire quoi que ce soit à ce coureur de routes et de bois. Et de toute façon, depuis toujours les jeunes vont en bande quêter les œufs de fermes en maisons la nuit du premier mai. Même s'ils sont des plus sévères le reste de l'année, les parents n'ont aucun droit à retenir leurs jeunes à la maison ce soir-là, pas plus que pour les figots des Brandons, les mascarades et les feux de la Saint-Jean. Elle avait couru le Mai, comme sa mère, sa grand-mère, comme le feront les enfants de Madeleine… Oui et à propos d'enfants, la Mado a bien le temps parce qu'au Mai c'est comme ailleurs, il y a les sages et celles qui le sont moins…

« Hé, Mémélie à quoi te penses ?

— Je pense que ce soir pourrait bien pleuvoir. »

XX

Comme les sangliers

JEAN DORT MAL DANS SA LOGE, le temps des orages est encore loin, mais ses rêves fermentent en de flottants émois sur des formes de chair et de houle où se retrouveraient les cheveux et la main de Fanie, les joues et les épaules nues de la laitière de Vichy, les tétons et les jambes de Madeleine.

Madeleine surtout. Quand leur bande s'est cachée pour qu'une autre bande, bien plus nombreuse, ne s'empare de leur barlet de vin et de leur corbeille d'œufs, elle se serrait très fort, de plus en plus fort contre lui, écrasant sa poitrine contre son épaule, pressant sa cuisse contre la sienne. Il basculait, ne pensait plus à rien, ne voyait plus les autres passer sur le chemin en chantant et parlant haut, cognant les cailloux de leurs bâtons. Il ne sentait pas l'eau du fossé mouillant ses pieds, les épines de la ronce qui avaient griffé sa joue. Il ne se souvenait même plus être là à courir dans la nuit avec une douzaine de garçons et filles pour réveiller les maisons et demander des œufs en chantant le Mai.

Un vertige brûlant comme un grand vent de Midi l'emportait. Une sensation brute, totale, nouvelle.

C'était encore bien mieux qu'un finot où l'on a mis trop de vin blanc.

Quand, tout danger écarté, ils se sont relevés, en riant elle lui a pris la main pour l'aider tant il semblait engourdi. Elle lui a pris la main et l'a gardée, tout au long du chemin, jusqu'à la prochaine ferme. Il aurait voulu marcher longtemps, longtemps.

Et quand ils se sont tous quittés après avoir mangé l'omelette, vidé le tonnelet, elle l'a embrassé. Une fois sur chaque joue, la troisième fois la bouche de Madeleine a glissé, vite.

Jean n'a plus guère le temps de vagabonder, il a trop à faire entre son travail au chantier, le chêne qu'il a entrepris là-haut et maintenant ces sabots de bal qu'il veut terminer avant la Saint-Jean. De très fins sabots de femme, qu'il va vizeler comme une dentelle dans une racine de noyer blondie. Les pointes seront deux mains se rejoignant. Et s'il est vraiment content de lui, il gravera sa marque dans le creux intérieur. Madeleine lui a promis de venir danser aux feux du Montoncel.

Sennepin craint que cette saison ne soit pour lui la dernière. Le sabot ce n'est pas comme la marine en bois, lentement coulée par la ferraille et la vapeur. Des sabots, il en faudra toujours. Imagine-t-on le laboureur en souliers, le vigneron en bottines ? Non, pas plus qu'on ne pourrait imaginer un pays sans laboureurs ni vignerons. Mais sur ce coin de montagne les Charrier prennent toute la place, avec des moyens que lui n'a pas, des façons qu'il n'aime guère.

Il veut encore croire. Il y a peu, on arrivait à s'entendre sur les achats de bois, sur les prix et la clientèle, « tu prends ici, moi là-bas et le même pain pour tout le monde ». Il va lui parler à Naude.

L'Amirau ne va guère au bourg que le dimanche comme tous les gens des bois. Sabotiers et bûcherons profitent de cette sortie pour faire provision de pain, de pommes de terre et de lard, la plupart assistent encore à l'office avant d'autres communions à l'auberge, et l'on joue aux quilles, on danse dès qu'il y a un prétexte de fête. Mais maintenant pour éviter les disputes inutiles, les affrontements qui vous mettent deux paires de sabotiers hors d'usage pour la semaine, l'Amirau préfère voir ses hommes à Saint-Nicolas, à La Chabanne ou même aux Noés, partout ailleurs qu'à Lanarce.

Aujourd'hui il y va. Il rencontrera le Naude chez la Fine Corre. C'est le troisième café de Lanarce, le plus étroit, le plus tranquille.

Au coin du chemin montant à l'église, les notables fréquentent les trois tables de noyer massif de cette veuve de la guerre de 1870. Les hommes parlent là de choses sérieuses : le temps, les bêtes et les élections. Le curé vient parfois se faire offrir un verre de bénédictine ou de chartreuse, ces alcools ont l'excuse de mêler plantes et sainteté, sont bons pour l'âme et la digestion.

Là, entre gens de métier et d'âge sensé, on finira bien par s'accorder.

« Te viens Jean ? T'iras visiter chez Génie et tout le monde… »

Il est prêt.

Les pieds dans l'herbe mouillée, elle l'est toujours le matin, ils se sont assis dos contre un rocher d'où l'on voit tout un côté du pays, la vallée en bas avec des bouts de brume, quelques taches isolées du rouge brillant des hameaux, en face, rasée par le soleil, la ligne de crête où passe le chemin des

Gabelous, le Grand Roc et plus haut le bleu des sapins du Puy Sinistre et du Montoncel.

L'Amirau est resté un long moment silencieux et il a demandé :

« Tu ne t'es jamais demandé d'où tu viens, Jean ? Tu voudrais pas savoir ?

— Je sais, dit Jean.

— Ah ? Qui t'a dit ?

— Personne. Je viens de là, et de tout son bras Jean montre devant lui, je suis de là. »

Il n'en dira pas plus, il tourne le dos. Mais qu'est-ce qu'il entend par là ? rumine Sennepin, qu'il vient de la Montagne, de plus loin… et pourquoi pas du ciel ? C'est pas ça qu'il voulait demander l'Amirau, il était plus terre à terre, plus humain dans ses pensées, mais ce sera pour une autre fois, c'est toujours pour une autre fois quand il croit s'être décidé… Mais il respire un grand coup, il appelle doucement, mais c'est autant le ton d'une question murmurée que d'un appel :

« Y… van, Yvan ? »

Le garçon ne répond pas, n'a pas bougé. Il n'a peut-être pas entendu. L'Amirau se lève brusquement :

« En route… »

Cadet dans son jardin salue Jean, de loin. Entre ses choux et ses poireaux, un pichet de sintan à portée de main, il communie avec l'univers et ce dimanche. Le pichet le conduira à la béatitude et à l'heure de la sieste.

La maison est vide, comme le berceau. Il n'y a plus de tout-petit maintenant chez Génie. La table est déjà prête pour le goûter de midi. Au bout du côté du tiroir où l'on range la miche de pain entamée, Jean voit le bol de Cadet. Un laboureur, un curé et un bourgeois de l'ancien temps décorent le fond et quelque chose ressemblant à un pont en fait le tour. À l'autre bout, le plus proche de la cheminée, Génie a posé le sien, on le reconnaît à sa guirlande d'abeilles. Entre les deux, six autres bols, trois de chaque côté, tout comme avant. Mais moins nombreux.

Génie rentre de la messe avec Clémentine. Tiens, Jean est là. Il gratte un relief sur le linteau de la cheminée. On ne l'avait jamais remarqué tant le brun de la fumée recouvre tout. On devine encore un blason gravé dans la pierre, une hache à deux tranchants, une pomme de pin. La plupart des maisons de Lanarce ont été construites avec les ruines d'un fort disparu.

Génie remercie le garçon du jeune lièvre pris au collet et caché dans sa veste qu'il a posé sur la table. Tout à l'heure elle le préparera, le videra pour le repas du soir. En attendant elle remplit de braises son potager, la grille de fonte calée par des briques maçonnées sur le côté de la cheminée, où elle cuisine.

Le nez collé à la fenêtre Jean regarde Clémentine sur la place. Génie s'amuse de voir Jean lui apporter encore de petits jouets de bois, comme s'il ne l'avait pas vue grandir. « Drelin-drelin », il va lui offrir une grelotière de nourrisson pour sa communion ! La gardeuse est contente de cette visite, il ne sort guère de ses bois pour venir à Lanarce ces temps, et ces histoires entre les sabotiers du Naude et ceux de l'Amirau, ça finira mal. Cadet ne s'en mêle pas. Lui non plus, elle suppose, elle espère. Elle le trouve élargi depuis qu'il fait le sabotier. Mais ses cheveux en broussaille, elle y mettrait bien les ciseaux. Et son air, on se demande toujours s'il est bredin ou plus malin que les autres. Drôle de carcasse.

Il ne parle pas beaucoup plus et jamais un mot pour rien, de ces mots que l'on dit juste pour faire de l'air mais qui aident à respirer ensemble. Elle a fini par s'habituer à ses yeux, elle ne sait pourquoi ils lui rappellent parfois l'eau d'un puits en été. Elle le sait, elle n'a jamais été très tendre avec le Jeanni, mais elle l'aime à sa façon, comme les autres. Et il tenait sa place avec son air de ne jamais être là.

Personne ne connaît beaucoup de lui, mais c'est la même chose pour ceux de l'Assistance. L'administration paie la pension, fournit les habits, vient parfois vérifier qu'ils sont toujours vivants et que ceux qui sont en âge fréquentent l'école, c'est tout. D'où ils viennent ? Elle ne le sait pas non plus. Ils sont là et quand on les a élevés ils s'en vont, remplacés par d'autres. C'est le lot des gardeuses.

Le Yaude est reparti depuis longtemps dans sa famille, embauché dès douze ans dans une fabrique de Roanne, rejoint par Bastien, toujours un peu faible de poitrine. Frédéric et Gilbert sont à maîtres, placés commis dans un domaine, mais d'autres ont pris leur place.

Des siens, il ne reste que les filles. Trapette ne sera jamais maîtresse d'école mais espère encore pour la poste. Va-t-elle coiffer Sainte-Catherine ou lui faire un petit-fils dans le dos ? Elle fréquenterait un drôle de gars, le Jules Valas, avec des idées à tout chambouler, il n'a pas encore daigné se faire présenter. Julie fait des journées ; depuis la Saint-Martin, le Pierre a sa première place dans une ferme de La Chabanne, de la famille à Becouze l'ancien maire, qui vit toujours, comme ses parents, les Morin. Ici, quand on ne meurt pas tout jeune on apprend à durer. Tiennon a voulu faire l'ouvrier aux fabriques de Roanne, il remonte trois fois l'an. Il ressemble de plus en plus à son père, elle se demande si lui aussi ne prend pas goût à la bouteille.

« Te restes pour le goûter ?

— Non, pas aujourd'hui. Une aut' fois. »

Jean a vu l'Amirau traverser la placette, et il s'en va. Génie remarque qu'il n'a pas demandé de nouvelles de Chabouni, a juste cherché des yeux. Peut-être a-t-il compris ? Chez Pajean, Cadet a fait mettre de côté un jeune tout pareil, tout noir, on l'appellera Chabouni aussi. Ça ne changera pas.

Ils se sont arrêtés sur le même rocher qu'à l'aller, l'herbe est un peu moins mouillée, mais les morceaux de brume qui le matin semblaient vouloir se fondre sont au contraire plus épais, plus nombreux. L'Amirau dit à Jean :

« Pour la prochaine saison, c'est pas du bon, du bien mauvais même, mais on en parlera ce soir, tretous. Maintenant je veux te dire, à toi. Veci… Un père, une mère, ils ont des enfants, des chtits, des mimis quoi. Et ça peut faire une famille…

— Comme les sinliârs.

— Oui, pourquoi pas, comme les sangliers si te veux. »

Quand même, pourquoi les sangliers ? C'est l'idée qu'il a d'une famille, la laie et ses petits cochons rayés dans leur bauge, et le vieux maquin qui tourne dans le bois. Pourquoi les sangliers, pas les chevreuils, les mésanges ou les gens ?

« On va recommençâ… Je te parle du monde comme nous, tous les enfants, ils ont une mère, un père…

— Pas les petits-paris, ils disent ça, mais on ne les croit pas.

— Si, ils en ont. Ailleurs. Ou ils en ont eu, on n'existe pas sans une mère, sans un père… »

Jean s'est retourné, regarde l'Amirau, le fixe de ses yeux entre noir et bleu :

« Y en a qui disent que c'est toi… »

L'Amirau se demande s'il a bien compris. Entre trouble, ahurissement, stupéfaction, un éclat de rire se gêne dans sa gorge :

« Moi quoi ?

— Toi qui es mon père.

— Ah, et qu'est-ce qui fait dire ça ?

— Parce que tu t'occupes trop, tu fais la jâlinâ », dit le garçon, se moquant, imitant la poule avec les bras.

Et ils éclatent de rire ensemble. Un long moment. L'Amirau s'essuie les yeux d'un coin de manche, redevient sérieux, demande :

« Et toi, tu en penses quoi ?

— Ça compte ?

— Ça compte quoi, ce que tu penses ?

— Non, ça compte que tu sois mon père ?

— Mais je ne le suis pas !

— Ah ?

— Non, remarque j'en serais… J'en serais content, et puis… Non, mais si tu veux, je peux te dire, avant que tu existes, loin d'ici, quand j'étais sur les bateaux, j'ai connu un homme qu'on appelait le Kozak. S'il avait voulu, il n'aurait jamais connu la misère, mais il avait ses idées. On l'avait envoyé là-bas, en Calédonie, enchaîné comme un Mandrin, à cause de cela, avec beaucoup d'autres, des centaines d'hommes, de femmes. Moi j'étais encore jeune, et matelot-charpentier… »

Mais Jean ne l'écoute plus, il l'interrompt même, lui accroche le coude, et du même geste que le matin, montrant tout le pays cette fois voilé de brume, il dit :

« Maintenant, le Chabouni, il est là. »

XXI

L'engin du Diable

LA CLAIRIÈRE sent l'acide, le gras et un peu le brûlé. Ce dimanche n'est pas de fête mais le Yèbre a cuit un finot. Il ne restait guère de lard et le vin blanc ne peut attendre. L'abondance du liquide compensera la minceur du cochon.

Le borgne a écarté les braises et le couvercle, vide maintenant une bonne moitié du tonnelet sur les pommes de terre fumantes, l'autre sera bue sans grimace. Son œil pâle s'allume alors qu'il touille doucement le ragoût avec un manche d'hachon.

L'Amirau dit que c'est manquer de respect à l'outil que de l'utiliser comme louchon. Le Yèbre essuie la vapeur qui colle des mèches jaunes à son front, répond qu'au contraire son « n'hache travaille bien assez pour mériter l'étrenne du manger ».

Le cercle des sabotiers se réjouit de la réponse connue de tous. L'Amirau sourit, cet échange de remarques coutumier installe la soirée dans les habitudes, donne au repas un goût d'éternité comme si rien ne devait jamais changer sous les fayards.

Et pourtant le patron et quelques autres savent que le chantier se terminera au plus tard avec l'été et qu'au prochain printemps ils ne seront plus ensemble. Pour eux, pas de coupe dans les bois de la Madeleine où faire la prochaine campagne, Naude a déjà pris tous les lots disponibles. Le maire de Lanarce n'a rien voulu céder, rien entendre aux raisons de Sennepin. C'est qu'il n'est pas seul à décider, il a des frères, des banquiers, des clients, sa Marie-Louise. L'Amirau explique sans haine, se moque même doucement, de lui, de l'autre.

Les sabotiers ont peine à reconnaître leur forban des bois, ce renoncement ne lui ressemble pas.

« Non, l'Amirau ça le retire pas à parlâ comme ça, on l'a chingâ not'singe », murmure pour lui-même le Pluche.

Pour eux c'est un patron à l'ancienne, comme l'étaient naguère ces élus des communautés paysannes d'ici, comme le sont encore parfois en forêt les meneurs d'associations volontaires de compagnons de même métier. Il s'impose plus par l'habileté de son art, son humanité, le respect qu'il inspire que par une hiérarchie formelle. Sa part est quasi-égale, voire inférieure quand, comme en ce moment, il s'attribue l'échec des ventes.

Ses ouvriers sont encore des hommes libres, le mot « anarchie » qui se dit maintenant dans les villes n'existe pas dans leurs parlers, mais d'instinct ils accepteraient mal une autorité qui ne soit pas proche et exemplaire. Pour eux n'est pas venu le temps de plier sous les ordres d'un contremaître méprisé au nom d'un maître lointain.

À l'instant ils ont simplement de la peine pour l'Amirau, il doit être fatigué. Le finot en perd de son goût, la terre se fait plus dure sous leurs fesses.

Mais Coquelicot aussi a quelque chose à dire. Il était ce matin avec le Pluche et Tire-Vinaigre à Saint-Nicolas, a rencontré à l'hôtel de la Poste un Parisien. Un vrai, de Paris, portant des souliers, une casquette à carreaux, mains sales mais joues rasées de frais, un air de contentement de sa personne. Il se présentait « presque-ingénieur de la maison Arbey, les machines, tout le monde connaît, hein ! ».

Le Parisien buvait des fines sans rien manger, parlait de Lanarce comme « d'un trou à rats, d'un trou du cul de la France. Saint-Nicolas, à côté, hein c'est déjà la capitale ! » Il avait entendu chanter dans le coin qu'*« à Saint-Nicolas toutes les filles sont amoureuses, sautent après les garçons comme les chèvres sur les buissons »*. Alors il profitait de son dimanche pour venir vérifier.

Avant que l'élégant ne soit mis en guenilles par ses poisons en bouteilles colorées et les poings de natifs chatouilleux, Coquelicot intéressé l'a pris à part, mis au régime : pain blanc, saucisses et côte rouge, rien que du solide. C'est le Parisien qui payait…

Coquelicot raconte et toute l'attention des sabotiers s'est reportée vers lui, les truffes sont bien cuites, le vin circule. *« Cou-ic »*, l'engoulevent se met en chasse, salue la fin du jour. Et après ?

Voilà. L'ingénieur aux ongles noirs était chargé de convoyer et de mettre en route une machine à sabots pour le Naude.

« Hé ! »

Coquelicot imite l'autre : venu de Paris par le P.L.M., « pas en première classe parce qu'il n'y avait plus de place ». Jusqu'à Lapalisse tout allait bien. Après « il a fallu se traîner dans la cambrousse au train des vaches comme des rois gaulois feignants, avec des bâches et du foin sur le matériel, pour pas qu'on le remarque. Une idée du client. Et monter le tout à la nuit dans ce foutu trou, toujours une idée du client ». Il avait cru dix fois partir au ravin, « c’est pas si gros, mais ça pèse son poids de fonte et de ferraille ces engins. Et des vaches pour tirer. Au xxe siècle ou presque. Enfin c’est le client qui commande. On avait réveillé tous les chiens et les culs-terreux du patelin, failli se faire mitrailler comme en 70. Une arrivée avec la fanfare à bretelles des Auverpins de Paris aurait été plus discrète. Sauf que personne n’a rien compris et le gros a fait se coucher tout le monde » …

« Voilà ce qu’il jargonnait mon Parisien, mais aga, c’est pas la fin… »

La machinerie est en place, a dit l’homme de chez Arbey, mais pour ce qui est de la mettre à tourner « jamais le filet d’eau qui coule derrière la cambuse ne pourra faire. Tout juste bon à tourner une petite scie de gamin et mouiller le lavoir ». Mais lui, l’ingénieur, a quand même une idée. « Elle est secrète, pas un de ces pioche-misère n’aurait pu y penser. »

« Ah si c’est secret, m’y dis pas, mais reprend donc un chtit canon Parigot, tête de… » avait protesté le sabotier. Mais non il plaisantait le savant de la capitale, il allait tout lui dire à lui « le rougeaud, un frère, qu’a l’air plus civilisé que cette tribu de »… Enfin, il dira tout si on lui indique où trouver ces fameuses amoureuses…

« … il m'a dit, je l'ai montrâ la maison du presbytère et je me suis ensauvé, termine Coquelicot pas mécontent de son récit.

– Et son idée, à ton fumelier savant, kessé ? demande le Yêbre.

– L'idée d'un bredin qui mérite bin d'ête ingénieu chez les vestes à coua : un barrage ! il a dit.

– Darriè chi le Naude ?

– Et là y a longtin qu'on y a pensâ, relève le Darbon. Le vieux père au Naude l'avait bien essayé de barrer l'eau dans les tins. Bredin d'hier fait pas le sage de l'année à venir. À cause que la pleureuse du bourg elle coule comme elle veut sans dire holà. Si y a pas d'eau, tu sèches le lavoir et les prés d'en bas, si y en a trop, t'inondes le mitan du bourg. Son bief au vieux Charrier n'a pas fait la saison. Aigasse d'avril trempe pas le fil, conclut le Darbon.

– Ces machines à sabots, j'en ai vu en marche. De ce côté, y a pas trop de souci à avoir », intervient l'Amirau.

Il explique que cette mécanique sabotière est composée de deux engins, l'un pour former l'extérieur et l'autre pour creuser l'intérieur : on met le sabot à faire d'un côté, le modèle de l'autre pour guider, et allez… En fait ce n'est pas si simple. Les gens du métier se moquent encore de ces saboteries de fer, les disent maladroites, affirment qu'il faut faire tout le travail avant le passage du billon dans la machine et le refaire après.

Le finot ronfle dans les estomacs, le vin blanc est encore buvable pour ces gosiers de granit, on se moque de Naude jusqu'à plus soif et épuisement du tonnelet. On s'échauffe, car enfin le maire de Lanarce se comporte en seigneur du vieux temps qui n'était pas si bon, machine ou pas, on en oublie qu'elles sont encore inertes.

« Une machine ! Ça coûte…

— Et c'est pour elle qu'il prend not' pain, l'arcandier…

— Et nos bras alors, sont pus bons, on va pas laisser faire sans se revenger !

— … pas se laisser les deux pieds dans la patouille.

— …vâ les payer deux fois ses mécaniques, et cher ! »

Jean lui-même s'en mêle, excite un chien imaginaire contre les mollets d'un Naude invisible :

« Kss, kss mords-y ! »

L'Amirau écoute les sabotiers, s'amuse et s'indigne avec eux, ses idées ont retrouvé des couleurs. Coquelicot propose :

« On va faire du sabbat à Lanarce, abraser ces mécaniques du Djab, encrotter leur patron… »

L'Amirau se lève, remonte solennellement ses brayes, l'interrompt :

« On verra à voir, mais puisque t'as parlé de Djab, c'est pas cet neut qu'il a un camion de sabots pour le chemin de fer de demain, le Naude ?

— Si, et… ?

— Si vous avez encore des jambes, en coupant au droit des prés on peut attendre les chevaux sur la route après Châtel. Jean, tu restes à garder les leuges avec le Yèbre et le Darbon. Je prends le bidon d'huile de lampe, on va leur faire une… chasse gayère ! »

Garder les loges, avec les vieux ? Jean connaît les bois et leurs coursières aussi bien qu'eux tous. Il ne proteste pas mais suivra à distance dans le noir.

La chasse gayère parfois s'entend dans la Montagne les nuits d'orage. On se terre dans les maisons esseulées, malheur au voyageur égaré, c'est la chasse des anciens seigneurs derrière les âmes perdues et le Diable mène le bal, allume ses chandelles dans le ciel.

Malheur où elle passe, on craint les arbres arrachés, les toits enlevés, les cloches sonnent seules à toute volée, les bêtes hurlent et pleurent, la crainte fait gémir les chiens.

Cadet et Martin le Caffe étaient seuls à l'avant de la longue charrette de sabots, ils avançaient dans la nuit au pas tranquille des lourds chevaux, bien au milieu de la route, deux lanternes se balançant aux ridelles.

Les deux chevaux hennissent doucement, puis plus fort, tirent vers le fossé, refusent d'avancer. D'inquiétants foulets sortent de l'ombre, un à un, devant, derrière, à droite, à gauche. Corps blancs, têtes noires, il encerclent l'attelage. Cadet et le Caffe sont tirés sur la route, ils entendent derrière les arbres vociférer la bouche noire du Diable, elle tempête leurs noms et celui du Naude, damne leurs âmes. Le Caffe est bousculé, assommé, ligoté.

Une jeune main a retenu le gros poing s'écrasant sur le crâne de Cadet qui entend :

« Pas lui, fais pas mau au Cadet… »

Le poing n'a pas besoin de tomber, Cadet terrorisé, tétanisé, s'écroule d'un bloc.

Les chevaux sont dételés, l'un d'eux est lesté des deux hommes ficelés têtes contre croupe. On les renvoie vers leur écurie, quelques dizaines de mètres au petit trot avant qu'ils ne reprennent leur pas lent. La route est longue.

Ils sont à une lieue quand Cadet ouvre l'œil, mais la nuit flambe encore par-dessus le balancement de sa monture. Qu'il a mal au cœur !

Les sabotiers ont rentré les longs penets de chemises dans leurs brayes, relevé leurs chapeaux, essuyé leurs visages barbouillés de charbon de bois.

Coquelicot range son beurloir dans un linge. On le félicite :

« Sûr que t'es un vrai Djab.

– Le Jean était là, m'a empêchâ d'endormir l'aut'chétif, râle Tueloups.

– Preuve qu'il obéit pas, mais qu'il a du cœur », commente l'Aguenaud.

L'Amirau ne dit pas le contraire.

Assis sur le talus, ils regardent se consumer charrette et sabots, tout a brûlé. Pour faire bonne mesure, Tire-Vinaigre a ramassé la canne du Caffe dans le fossé, l'a jetée sur le bûcher. Ils sont un peu dégrisés de leur colère et du vin blanc, mais ils ne regrettent rien, la chaleur du brasier est encore étouffante, mais il leur semble respirer mieux.

Jean est déjà loin, il dormira au fond de sa tanière quand les autres rentreront, harassés.

Harassés, les sabotiers l'étaient. Ils ronflent dans la grande loge, couvrant le bruit de l'air dans les feuilles, les frôlements, les vols, les fuites de tout ce qui vit, chasse et meurt la nuit sous les arbres.

Avant de remonter vers ses ruines, l'Aguenaud a retenu l'Amirau devant la loge, gratte la cendre pour faire rougir les braises, y jette une poignée de copeaux, deux branches.

Au coin du feu, le patron et l'ermite, le trapu et le sec, barbe courte et barbe longue, velours et vieux drap militaire. Ils ont pourtant un air de fraternité.

« Tu vas me dire que c'est pas très chréchien ce qu'on a fait, hein l'armite ? sourit l'Amirau.

— Non, je dis rien là-dessus, on a défendu notre pain sans voler ni tuer personne. Je ne vois rien dans le Livre contre ça. On a juste fait peur à deux bourris à deux pattes, les chevaux eux n'ont même pas bronché, enfin si peu. On a brûlé un tas de sabots qui étaient sûrement de mauvaise qualité, c'est tout. On pourrait à la rigueur redire à ce que le Coquelicot a juré le nom du Diable dans son beurloir. Mais le nom du Diable n'est pas celui du Grand.

— Alors ?

— Alors là-dessus rien. Même que si on recommence, j'en serais encore pour… pour veiller à ce que tout reste très… charitable.

— Boug' d'armite, c'est ton vieux sang d'haguenaud qui se chauffe, hein, tu peux pas voir une embuscade sans rêver d'y grimper. Mais les chariots du Naude, c'est pas les dragons du Roué, boug' de parpaillot ! Alors ?

— Alors pour Yvan, enfin Jean, le petit…

— Quoi ?

— Tu lui as parlé ? demande l'Aguenaud.

— J'ai tenté, mais savoir d'où il vient ne semble pas l'occuper. Enfin pas comme je pourrais lui remontrer. Qu'est-ce qu'il pourrait comprendre, lui qu'a toujours vécu qu'ici-amont ? Il s'est fait dans cette montagne, si peu ailleurs. Je crois que tu pourrais essayer, toi ? Après tout c'est toi qui a compris, qui a pensé à ces comédiens pardus dans l'hiver qui tombait dru, s'excuse l'Amirau.

— Il y a bien longtemps, pas loin de… plus de dix ans aneut… et quand on y pense, c'est toi qu'ils cherchaient dans nos cantons, avec ce chtit pour le mettre, à l'abri et au bon air…

— Et moi, le seul espèce de pésan que le Kozak ait connu, j'étais dans un Cantal à ce moment. Et le gars qui me r'trouve, sans savoir et tout seul…

— Tout seul, tout seul hé ! c'est vite dit, proteste l'Aguenaud montrant de l'index la voûte des arbres.

— Si te veux, boug' d'armite », sourit l'Amirau.

L'Aguenaud ramasse du bout des doigts les deux morceaux d'une bûche qui, brûlée par le milieu, se brise, et les replace au centre du feu, il essuie sa main sur le vieux drap informe, déchiré, délavé de son habit, puis dans la longue friche de sa barbe, et dit :

« Ils avaient quand même un drôle d'air les amis de ton ami.

— À part les chevaux et le lion, eux aussi venaient tretous de l'île au bagne. Le vieux que t'as sauvé d'un refrédi, avant il était comédien, pas comme on dit d'ici de ceux qui vont sur les routes, comme il était devenu, non, avant la Commune, c'était un vrai comédien de Paris, connu. Quand il a tornâ en France, y avait plus de place pour lui, et lui… »

L'Amirau s'interrompt, les yeux fermés, en partance. L'Aguenaud hoche la tête, crache vers le feu, sent qu'il lui faut retendre le fil :

« Bon, nous on est là, ton Kozak est à l'aut' bout de la Terre, les comédiens au Diable, et le Jean a des fois l'air d'être au paradis… Y a rien qui presse de lui raconter.

— Si, ça presse. Dans pas longtin, on sera tous de droite et gauche, et moi p't'ête darrié les barreaux de la tour de Cusset. J'ai plus rien à lui apprendre pour les sabots, de ce côté-là j'ai pas de regrets, soupire Sennepin.

— Moi tu sais, je m'accroche à mes ruines comme un vieux lierre, et lui m'étonnerait qu'il ait envie de partir bien loin, alors…

— Il voudra peut-être aller retrouver son père.

— Je crois que pour lui son père, sa mère c'est là, l'ermite montre la forêt, la montagne.

— Il a essayé de me faire comprendre quelque chose comme ça, avec le même geste, remarque l'Amirau.

— Et nous aut' paur monde et bestiaux, on est juste un peu ses chtits frères, se moque gentiment l'Aguenaud.

— À propos de famille, il m'a parlé des sangliers », relève l'Amirau.

L'Aguenaud éclate de rire :

« Jean des bois, Jeanni le pour ! Mais peut-être que tout va s'arranger, qu'on trouvera un autre chantier.

— Bah, on va faire not'baroud, et puis bah.

— On en causera demain, je remonte dans mon nid à chaviches, bonne fin de neut », Amirau.

Naude a de la peine à se convaincre que la foudre et elle seule a détruit sa cargaison de sabots. « Le tounnarre, les cent tounnarres du Djab » répète le pauvre Cadet qui refuse d'approcher une autre charrette.

Et comment la foudre a-t-elle bien pu encorder proprement Cadet et le Martin sur les chevaux qu'on a retrouvés à l'aube, dans la rue du Mayet, perdus ? Son frère parle aussi du Diable, de cent géants blancs à têtes noires, du ciel qui lui est tombé sur le crâne. La perte est conséquente, mais Naude hésite à se plaindre aux gendarmes.

Que leur dire ? Pour le prochain transport on roulera de jour, plus nombreux et avec des fusils si l'attaque est humaine. Mais qui ? A-t-il sans le savoir de puissants ennemis ? Les sabotiers de l'Amirau ? Ce ramassis de feignants, de traîne-misère, d'attardés n'oseraient quand même pas ?

Naude fera dire aussi une messe en triangle pour se ménager le Ciel, consultera Matagot pour conjurer le sort.

Naude a encore d'autres soucis, ces derniers temps l'argent rentre mal, son banquier grimace, et les machines restent sans vie.

Il en rêvait depuis des années à ces mécaniques à sabots, avant même d'être maire, avant d'avoir des chantiers dans toute la Montagne. Il les avait vues cours de Vincennes ces bécanes, comme dit le Parisien. Il a longtemps attendu, maintenant elles sont là, dans un réduit au fond de la boutique. Il place un modèle du côté du guide, un billon sous la cuillère tournante et tire une manette. Et « brrrouou, criii », Naude imite le bruit comme un enfant avec son jouet. De très chers jouets.

Pour que tout devienne vrai, il reste à tendre les courroies entre la roue et… et quoi ? Les vendeurs de chez Arbey affirmaient suffisante une petite source d'énergie. Il l'avait cru, et l'autre mécanicien qui voulait remuer la moitié de la Montagne pour barrer l'eau. S'il était possible d'installer un moulin à Lanarce, la chose serait faite depuis longtemps.

Naude caresse encore la fonte noire de ses machines. Pour les faire tourner, et en même temps pourquoi pas trois ou quatre autres mécaniques il faut, il faut une chaudière à vapeur, voilà ! Chabrol au Mayet a montré l'exemple. Cet ancien tailleur d'habits devenu tisseur, industriel filateur, est propriétaire d'un moulin à vapeur, une curiosité économique du canton.

Payer cette chauffeuse ? L'argent de Paris va bien rentrer, un jour, d'un coup. En attendant peut-être que le banquier ? Et « brrrouou, criii, tchuu ». Mais comment monter la chaudière jusqu'à Lanarce, avec ce chemin à raidillons où les charrois de sabots et même la carriole du grand Gaille passent avec peine, et encore pas tous les jours ? Pas quand des rochers s'éboulent, barrant le passage, pas quand après des pluies d'orage ou la fonte des neiges, les roues s'enfoncent jusqu'au moyeu dans les fondrières.

Quoi ? Qu'est-ce qu'il veut, le Caffe, venu l'interrompre en plein rêve, « brrrouou, criii, tchuu, criii, tchuu » ? Qu'est-ce qu'il veut, le beau Martin avec sa nouvelle tête de jeu de massacre un soir de fête patronale ? Lui casser son élan, alors que dans son idée il se construisait une nouvelle route, bien large, bien droite pour monter la chauffeuse, « tchuu-tchuu ».

Martin insiste :

« Naude, les sabots pour Vichaï, il faudra aussi dix lots de demi-garnis à brides de cuir. J'ai aussi un nouveau marchand d'Ambiarle pour les vignous… Hé, Naude, aga, à Ambiarle, l'Amirau pfff !

— On fera, on fera. Bbrrrouou, criii… »

Lui parler d'Ambierle et de Vichy quand on a l'Exposition universelle, c'est chtit.

Martin n'insiste pas, il se chargera des expéditions, avec escorte. Naude est reparti sur sa machine.

Devant la loge, l'Amirau a fait sur la terre de petits tas de sciapes et de copeaux, trace des traits. Il explique :

« Et on va la faire là, en bas des Pierres-Encizes. C'est à une bonne lieue amont de Farrère. Quand les deux charrettes passeront, vaches et monde auront une bonne journée dans les jambes, il ne fera ni jour ni nuit. Les bois sont trop pentus pour qu'on y travaille, la rivière coule juste en bas. Elle est grosse en ce moment. »

Qui en sera ? L'Amirau bien sûr, c'est lui le patron. Tueloups, c'est le plus gros tas de viande, Jean parce que s'il a décidé d'y aller il y sera même si on l'attache, l'Aguenaud, Malenpied, pourquoi pas, le Yèbre… Assez, Coquelicot, non, il sera avec les autres à Saint-Nicolas, on les verra dans les auberges, ils feront assez de mouvement pour que le bourg pense qu'ils sont tous là.

Avec deux perches en croix, ils tendent une grande étoffe blanche, elle se dressera au-dessus des buissons, avec un peu de vent, deux lanternes allumées dessous seront d'un bel effet. Le Yèbre tirera en l'air un coup de fusil et hurlera dans le beurloir.

Un arbre est tranché en équilibre, deux coups de cognée il sera en travers juste avant le passage des charrettes. Derrière elles, caché par un tournant de la route, Jean fera assez de raffut pour que l'on croit à une troupe en marche.

Tout se passe encore mieux que prévu. L'escorte n'avait que trois fusils, ils sont restés sous les bancs, et six hommes assoupis qui n'ont pas eu le temps de se défendre, à peine de comprendre.

Ils sont couchés sur les cailloux, ligotés, chapeaux ou bérets enfoncés sur les yeux. Tire-Vinaigre leur fait boire de force de la gnôle au goulot.

On vide les chargements, tous les lots de sabots à l'eau, dans le Sichon en bas. Et ça cascade dans le ravin, ça fait de grands flocs dans le torrent.

Besogne faite, on détache les hommes ivres morts et vlan dans les charrettes vides aux freins à demi-calés pour qu'elles ne versent pas dans la descente. L'arbre est écarté, deux coups d'aiguillon et les vaches sont reparties.

Elles iront jusqu'à Ferrières, savent que le fourrage et le repos les attendent en bas. Quand ils se réveilleront, les hommes du Naude pourront bien raconter ce qu'ils veulent, ils ont bu gratis.

Pendant des semaines, on retrouvera des sabots à Ferrières, à Arronnes, certains coinceront des roues de moulins, et même jusqu'à Cusset. Flottant sur le Sichon, c'est un demi-garni à bride noire que l'Amirau distingue depuis la lucarne barrée d'une cellule de la prison municipale.

XXII

Princes en exil

DES SABOTS PARTOUT : de solide fayard ou de verne léger, des couverts, des garnis sans leur bridon et des demi-garnis, des plats, des à gros nez, des bourbonnais, des bergers et des barquettes, pour hommes et pour femmes, pour enfants. Pour des années ! Par douzaines de treize, par lots de dix-huit, vingt ou vingt-quatre suivant leurs tailles, ils s'entassent dans la boutique de Lanarce, dans des hangars de Cusset, aux entrepôts de la gare de Lapalisse. La Montagne aux sabots accouche de montagnes de sabots.

Invendables.

Naude avait pourtant enfin trouvé le moyen de faire grimper une machine à vapeur jusqu'à sa boutique. En pièces détachées, chaudière découpée, par morceaux on a hissé la chauffeuse à Lanarce. C'était une ancienne locomobile démontée et privée de ses roues, utilisée naguère pour les batteuses dans un grand domaine de la Forterre.

Avec sa soudure secrète, ses pinces et ses masses, Gros-Bonnet le maréchau l'a remontée derrière l'atelier, mise en route en moins d'un mois. Le chien tournant la roue du soufflet n'a pas chômé non plus.

La grosse courroie passe par une fenêtre, relie le monstre de fer aux machines à sabots. La chauffeuse fait trembler les murs, elle fume, fait tourner les machines, mais est-ce vraiment une affaire ? On brûle autant de bois que l'on en creuse, et c'est beaucoup trop de travail pour finir celui des mécaniques. Gros-Bonnet voit quelques améliorations possibles, mais à quoi bon maintenant ?

Naude a fait creuser beaucoup plus de sabots que tous les clients de la région, marchés, boutiques et même les grossistes n'en auront besoin d'ici longtemps. Il est surtout sans nouvelles de son acheteur de Paris. Deux premiers wagons de sabots ont été en partie payés, trois autres ont suivi et n'ont jamais été payés. Trois autres encore ne partiront jamais, sans parler de toute l'avance.

Naude a consulté Matagot, il a fait écrire de nombreux courriers, restés sans réponse. Descendu à Paris, seul, il est revenu de la capitale et de l'exposition comme d'un rêve démontable tournant au cauchemar.

À Lanarce, Naude ne racontera jamais la tour Eiffel et la grande roue, le métropolitain et les pagodes. Il ne racontera rien, Naude est ruiné. À Paris on l'a gentiment éconduit, on a moqué son patois et ses papiers sans valeur. Il paraît que son client est l'un des plus grands escrocs de ce siècle qui pourtant en connut de magnifiques. C'est d'ailleurs une femme qui très républicainement a plumé en famille aussi bien des concierges que des ministres, des épiciers que des notaires.

Le banquier de Vichy, devenu moins courtois et rapidement très désagréable, a mis des papiers signés, tout à fait valables eux, sous le nez de Naude, invoquant des directions, des actionnaires et des conseils d'administration.

Les coupes de bois de Naude changent de main, les notaires d'Arfeuilles et du Mayet les rachètent à petit prix. Marie-Louise se sépare de quelques bijoux mais marche crânement au bras de Naude avec son chapeau à voilette.

Naude doit vendre Pompon, Marlaud et même la vieille Grise. Le maquignon est un brave homme, contre une bonne remise sur le prix, il a bien voulu laisser les chevaux jusqu'à la fête patronale, pour le tir de l'oie. Ce sont les seuls chevaux du village, les derniers. L'an prochain, pour couper le cou de la bête pendue en travers de la rue, les gars de Lanarce galoperont sur des ânes.

Dans le bois de la Goutte-Griffier, les loges prennent des allures de hameau à l'abandon. Des pierres de la murette ont roulé bas. Au dernier coup de vent mouillé, tout un pan du couvert de branches et de feuillage s'est effondré, il ne sera jamais redressé.

Coquelicot, Tueloups, Tire-Vinaigre et quelques autres sont partis les premiers avec leurs outils langés de laine dans le baluchon. Princes en exil, ils marchent vers un chantier près d'Antignac en Auvergne, dans le bois de Bellot.

Avec Jean, ils ne sont plus que quatre autour d'une soupe épaisse et d'un feu que l'on ne rallumera plus. Le Darbon va rejoindre bientôt ses enfants à Vichy, il affirme vouloir s'embaucher aux entrepôts d'embouteillage, ou bien aux fiacres, juste pour quelques mois, quelques années au plus, pense-t-il, avant de revenir dans son hameau en rentier.

L'Aguenaud a donné ses quatre outils à Jean, il renonce aux sabots. Il restera dans ses ruines de la Chalme, un peu plus ermite. Il se sent fatigué, dit en souriant que ces derniers temps il a négligé le Grand et veut se rattraper.

L'Amirau est revenu, libre. Soupçonné des expéditions contre les chars du Naude, arrêté en foire du Mayet, il n'a jamais rien avoué, on n'a rien pu prouver. On a fini par le relâcher. Le petit maire de Lanarce en faillite, juges et gendarmes ont maintenant moins de zèle pour des affaires qui, après tout, ne concernent que des sauvages. Qu'ils se débrouillent donc entre eux ces mange-bois, là-haut il y a plus de coups à prendre que d'avancement à espérer.

L'inaction forcée de ces dernières semaines a rendu Sennepin nerveux. Il n'a pas encore décidé de ses lendemains. Aller voir au Veurdre où l'on assemble encore des péniches et des barques de pêche, peut-être partir vers Paris, ou bien un port ? Trouver un chantier, pourquoi pas ? Pour un embarquement il a passé l'âge. Il pourrait encore s'installer dans quelque canton comme sabotier de village, dormir chaque soir dans un vrai lit, attendre paisiblement que vienne la vieillesse et la fin. Jean le suivrait-il ?

Non, Jean ne veut pas suivre.

L'Amirau peut-il insister ? Le garçon semble s'accrocher à ces pentes, à ces bois, pour des raisons que le sabotier ne comprend pas toutes. Sous la visière de sa casquette Sennepin le regarde : de sa mère le garçon a les yeux, ce noir aux reflets bleus ou gris suivant le temps, doux et fermés à la fois. Il n'a pas oublié. De son père le garçon a quoi ? Pas vraiment de trait de ressemblance, mais bien cette obstination à vouloir toujours suivre son idée…

Pour le moment seul semble préoccuper Jean le décor des sabots de fille qu'il a entrepris. Il en laisse son bol qui refroidit dans l'herbe. D'un coin de charbon, il trace légèrement le dessin de deux mains ouvertes vers la pointe. Ça ne va pas, il crache sur le bois, du coude gomme un trait, recommence, regarde sa main, la compare au dessin. C'est le pouce qui gêne, il devrait se trouver à l'emplacement de la bride et casse trop la ligne…

Quand Sennepin lui demande ce qui le retient si fort ici, le garçon répond :

« C'est Gaille qui me disait, dans la Montagne tout est plus… plus haut ! tout simplamint. »

Jean dit cela en imitant le voiturier, d'un ton solennel, relevant un imaginaire petit chapeau rond.

Alors ils éclatent tous les deux d'un rire de complicité, mais l'explication ne va pas plus loin.

Le Darbon a posé son gros bol dans l'herbe, entre ses jambes, il a essuyé ses lunettes embuées, mâchouille le vide avant de dire :

« Le Jean, il vient pas d'ici mais je le comprends, moi je dis c'est la terre qui fait le bonhomme, pas le contraire. Les hommes croient être les patrons parce qu'ils lui labourent la couenne, qu'ils plantent une forêt ici, en coupent une autre là, qu'ils lui creusent l'échine avec des routes… Bredineries ! Non va, c'est la terre qu'est la vraie maîtresse, parce qu'elle a le temps. Elle prend et gardera ceux qui lui vont, quels qu'ils soient, d'où qu'ils viennent. Avec tout son temps, avec ses manières de gentillesse ou sa bile, ses cailloux et son eau, elle besogne toute cette viande, en fait de la même race. Comme tu dois savoir l'Aguenaud, le monde ont bien pu s'appeler entre soi comme j'ai su, du Ouisigote, Gauloué, Arverne, Romain, Sarrasin, et j'en passe qui sont passés et des Bourbonnichons, et maint'nant, est-ce que je sais… Rouges ou curés, tiens aneut, Italiens ou petits-paris, la veuille elle connaît qu'une espèce d'animau, celle qui doit laisser ses os ici…

— Et en juin, tout fait foin, l'interrompt Sennepin, à peine moqueur.

— J'allais le dire ! reprend le Darbon, et clignant de l'œil vers Jean il ajoute, enfin ce que j'en cause… Je parle de la terre d'ici-amont, celle que je connais bien, qui a de la pente et du caractère. En bas, dans le mou, j'en sais rien. »

Ici Jean se débrouillera sans doute très bien, pense l'Amirau, il faudrait pourtant lui dire d'où il vient. Lui parler de son père qui n'est plus tout jeune maintenant et voudra sans doute le revoir, dès qu'il saura, de son père devenu son ami à l'autre bout du monde alors que lui, l'Amirau, était matelot-charpentier.

Il faudrait raconter après cinq mois d'affreuse traversée sur la *Danaé*, l'arrivée du Kozak, malade et fers aux pieds, mais verbe encore haut. Sa haute carcasse se remarquait, même au milieu des cent quatre-vingt-sept premiers exilés arrivant dans ce nouveau bagne de l'île des Pins où l'on devait reléguer des milliers d'insurgés de la Commune.

Et bien faire comprendre à Jean que son père n'a jamais été un brigand, même s'il a toujours eu des façons brutales de vivre ses idées généreuses. Ne pas oublier de raconter son enfermement dans la place forte de Dumbea avec les fortes têtes, puis son évasion dans la caisse à outils du charpentier, sa fuite vers des terres encore plus lointaines, ses rêves puis son ennui, ces longues années à se cacher dans les îles, sans savoir que les insurgés avaient entretemps été amnistiés par la République.

Il faudrait trouver des mots pour décrire sa mère, Teurea, trop fragile oiseau noir aux yeux de noisette brûlée.

Mais comment dire au garçon sa venue au monde sur le *Cagou*, une goélette de cinquante mètres, transportant le bois de santal, et au passage, un peu de contrebande vers l'Europe. Lui, Sennepin, le charpentier faisant office de chirurgien d'occasion, comme dans l'ancienne marine, et unique terrien du bord connaissant vêlages et chevrotages, avait dû aider seul la jeune femme… Non, ça l'Amirau ne pourra jamais le dire, il a trop de pudeur.

La jeune femme avait repris un peu de force le temps de nourrir cet enfant que le père avait appelé d'un nom de son pays, Yvan.

Il faudrait dire pourquoi à Paris quelques années plus tard le Kozak avait confié l'enfant à des comédiens amis. Le reste pourrait être raconté par l'Aguenaud qui abrita la troupe, bêtes et gens, pendant quelques semaines d'une terrible neige. Devrait-on dire aussi comment Piassou, croyant bien faire, avait égaré les recherches des comédiens ?

Ce serait plus facile si Jean voulait bien le suivre, posait des questions, il aurait tout le temps.

Mais après tout de quel droit, s'il ne demande rien, semble se faire sa vie à lui comme il l'entend. C'est si loin tout cela, comme une autre histoire qui n'aurait jamais vraiment existé. Un conte de veillée, quand dehors souffle le vent de ciberne.

XXIII

L'orage

CLÉMENTINE EST DÉÇUE, elle boude Jean venu les mains vides. Trop occupé par ses sabots de bal et la proche Saint-Jean, le garçon n'a pas songé à lui faire de jouet.

Le grand nettoyage à fond laisse de l'humidité dans toute la salle, Génie a fait maison neuve. En cette fin de printemps déjà chaude, elle a pu réunir presque tout son monde, Jean compris, et les Valas sont invités pour la première fois.

Cadet a trouvé le prétexte d'une intention de ruches à installer et de conseils à demander au tailleur de mouches pour l'inviter ce dimanche : « Et menez donc vot' gars… »

Personne n'est dupe, ça n'engage à rien mais donnera un peu de figure à la fréquentation de Jules et Gisèle.

Génie a préparé un repas avec pompes et brioches cuites au four du bourg, mais aussi un bouilli au vermicelle. Les pâtes ont été achetées au Caïffa, l'épicier ambulant passe maintenant chaque mois aux beaux jours, avec une petite voiture tirée par un gros chien. C'est une large caisse qui s'ouvre par l'arrière sur des produits rares, café, chocolat, poissons séchés et salés, épices.

Pour faire bonne mesure, elle a versé deux boîtes de vermicelle dans la marmite. Les pâtes gonflent, collent aux morceaux de viande, colonisent les légumes. Génie est satisfaite, cette masse de vers blancs donne à son bouilli un aspect nouveau, qu'elle estime riche, recherché, presque bourgeois.

Le vieux Valas, veste blanche à boutons d'or, a fait briller les yeux des enfants en offrant à Génie deux grands pots de son miel. Cadet et le vieux parlent maintenant des prochaines moissons de l'orge d'hiver mûre ici dès juillet. La récolte sera bonne si le temps reste au beau. Rendu heureux par le vin de la Côte, un fond de tonneau pourtant, et le solide bouilli très garni, les hommes voient des lendemains bleus, même sans sabots à creuser.

Cadet affirme qu'avec son jardin, le cochon, la volaille et quelques semaines de moissons en Limagne il ira bien jusqu'au bout de l'hiver. Valas approuve. Génie en doute, mais se garde bien de contredire son homme devant les invités. Et son attention est toute tendue vers son aînée et le fils du tailleur de mouches.

Aujourd'hui, Gisèle mange debout, comme sa mère, s'affaire inutilement entre table et cheminée, ne quitte pas Jules du regard.

Malgré une légère bosse et le ténu collier de barbe qu'il se désespère de voir épaissir, le jeune Valas ne déplaît pas aux filles. Son rire, une certaine liberté dans son allure et la façon qu'il a de poser sur elles ses yeux presque trop pâles leur donne chaud aux joues. Et en dépit de sa manie des livres, de ses façons de ne jamais faire comme tout le monde, de ses idées extravagantes, il est respecté car ses mains et ses épaules sont assez larges quand il s'agit de se colleter ou de monter les sacs aux moissons.

Désignant Jean, silencieux au bout de la table, Jules demande à Gisèle :

« Et lui, comment il s'appelle ?

— Jean.

— Jean comment ?

— Jean Blan, répond Gisèle, pouffant en regardant son père qui fronce le sourcil.

L'échange est passé inaperçu des autres. Jean semble retiré dans ses rêves anciens, il a refusé de parler des sabotiers du bois et de leur Amirau. Les petits s'impatientent, gênés de la présence des invités, les plus grands lorgnent Jules en dessous et grimacent à leur sœur. Et jamais Génie n'a autant vu que sa vaisselle est dépareillée, ses meubles rongés, sa maison enfumée, sa brioche aussi a pris un coup de feu. Elle songe que son bouilli est bien la seule réussite de cette journée.

À la fin du repas, Jules dit qu'il ira bientôt travailler aux forges de Commentry, pour monter son ménage, mais aussi pour voir un peu la vie ailleurs. Génie ne sait qu'en penser.

Les Valas partis, il fait encore chaud, presque comme en été, mais le ciel se charge et Cadet, regardant vers le nord-ouest, remarque :

« Ça noirci vé le pertu de la Zabelle. »

À sept heures du soir le ciel est sombre comme une nuit de lune nouvelle, un petit vent de derrière agace les branches et les enfants, apporte des odeurs de silex et d'herbe chaude.

« On a de drôles de saisons maintenant », dit Génie.

On voit sans entendre le tonnerre, deux ou trois éclairs au loin. Quelques grosses gouttes s'écrasent dans la poussière.

« Va y avoir de l'orage.

— Pas sûr que ça vienne ici, mais le curé ferait mieux de sonner la cloche. Trapette, fais rentrer les chtits, Pierre, va voir si les biques sont à l'abri. »

Chabouni le jeune se réfugie sous la table, près de Jean, comme faisait le vieux chien noir. La tête entre les pattes, il gémit.

« L'a peur de l'eau le chin, ça lui ferait pourtant pas de mal », dit Gisèle en poussant les petits-paris vers le banc.

La pluie tombe un peu plus fort. Cadet s'ébroue.

« Ça va mouiller, y en a besoin, mais pourrait y avoir un peu de grêle, et l'aut' grôle pourquoi y sonne pas la cloche. »

Un coup de vent claque la porte derrière Tiennon.

« Les biques et leurs chtits sont à l'abri, mais j'ai pas vu une poule. »

Génie compte son monde. Ils sont tous là, les petits-paris, ses garçons, les filles à se disputer autour de la table.

« Tenez-vous tranquille, sinon y aura pas d'aut' soupe au vermicelle.

— On aura de la pouta ? » demande l'un des petits.

Oui, ils sont tous là, sauf…

« Et Clémentine ? »

Au même moment la cheminée se met à ronfler, la marmite se balance sur la crémaillère. Des billes blanches cascadent dans la cheminée, rebondissent dans la pièce. Le feu s'éteint, noyé, un grand pan de suie décollée tombe dans la marmite, éclaboussant Génie.

« Y aura plus d'soupe, ricane Julie.

– Clémentine ! » appelle Génie.

Mais personne ne l'entend. Le feu noyé on ne voit plus rien dans la salle, et ça cogne sur les toits, sur les murs comme dix forgerons ivres, comme les sabots de vingt chevaux emballés.

Des grêlons un peu plus gros que les autres brisent les carreaux d'une fenêtre. Et Jean voit, dehors, près de la bachasse qui gicle, Clémentine qui hurle, clouée sur place, petit pantin trempé secoué par le vent et la grêle.

Jean d'un même geste a pris la grosse veste pendue près de la porte et a ouvert cette porte, il est dehors… Cadet aussi a vu, veut le suivre, une bourrasque le renvoie dans la pièce avec un flot de billes glacées.

La place devient blanche comme en hiver, la couche de grêle s'épaissit de seconde en seconde. Jean a rejoint la fillette, il voudrait la porter, la traîne vers la maison, l'abrite et se protège comme il peut avec la lourde veste. Leurs visages et leurs mains sont en sang.

D'un coup la place est traversée, labourée, creusée, par un torrent sombre qui descend du bourg charriant de la terre, des branches, des pommes de pin. Le flot se casse en deux contre les pierres de la fontaine, disparaît vers la nuit et la vallée, le vent forme des congères de glace contre les murs.

Jean et Clémentine noués l'un à l'autre sont entraînés vers l'arrière de la maison, vers la pente du ravin, sans rien voir, sans rien pouvoir faire.

Si !

Heurté par une poutre Jean l'agrippe, c'est un montant de l'appentis, toujours debout. Jean tient bon, la fillette collée à lui. Il s'arrache au torrent qui les abandonne, continue sa course en se fracassant vers le ravin.

Ils sont à l'abri, au sec dans le tas de planches et de foin. Jean murmure pour lui-même des mots inaudibles.

Dans la maison l'eau entre, par le bas et par le haut, les enfants crient, Génie prie. Cadet jure, des objets se cassent. Le vent tourne comme il veut dans la maison, renversant ce qui était encore debout. Il soulève les jupes de Julie qui rougit et éclate d'un rire nerveux.

Dix minutes, un quart d'heure plus tard peut-être, tout s'arrête, le vent, la grêle, l'eau, aussi soudainement que tout a commencé.

Un grand silence s'est fait. Un bout de nuage se déchire juste le temps de voir le désastre et tout redevient noir.

Génie remue les cendres. Ce n'est plus qu'une pâte gluante, plus un seul tison. La lampe renversée n'est pas brisée, mais baigne dans l'eau, mèche mouillée. La terre de la salle empeste le pétrole, l'urine, le pourri. Cadet sort en traînant la jambe.

« Clémentine », crie Génie, laissant elle aussi sa nichée pour courir sur la place.

Les petits s'en effraient, pleurent doucement dans le noir. Gisèle les console, sort un cierge du coffre.

On le plante sur la table, mais les tisons sont noyés, le paquet d'allumettes de contrebande, trop près de la cheminée, noyé lui aussi. Et le vieux briquet à pierre de Cadet ? Dans la veste. Et la veste de Cadet ? On ne sait pas. Tiennon parvient enfin à faire prendre une allumette, elle brûle juste le temps d'enflammer la mèche. Ce n'est qu'une toute petite lueur, mais tout le monde se groupe autour.

« J'ai faim », dit un enfant.

Génie vient d'entrer portant la fillette, trempée, ensanglantée, mais qui sourit.

La couche de grêlons fume, cède à peine sous les pas de Cadet, il sent des petites billes glacées se glisser entre pieds et sabots. Il ne voit d'abord que tout ce blanc et des ombres d'arbres cassés. Il découvre les appentis à demi-écroulés, mais ni le cochon ni les chèvres ne sont blessés. Les poules, croyant le soir venu ont dû percher avant l'orage, n'ont pas une seule plume humide, par contre le jardin disparaît sous la glace et des cabanes des lapins ne reste plus qu'un tas de planches.

Une lanterne venant du bourg se balance. Aux chevrons de lumière, Cadet reconnaît le fanal du Naude. Avec son frère Joseph, le maire vient aux nouvelles.

« C'est toi Cadet, rien de cassé ?

— Ma gazille est bien cognée et égriffée, sa mère va la passer à l'arnica. Pour le reste… Et au bourg ?

— Le vielleux a reçu une tuile sur le bras, c'est pas beau, Mal-Garni est en train d'essayer de lui rhabiller. Pour le bal de ce soir, de toute façon… dit Naude.

— Ça, la gigue on l'a déjà eue.

— Pour les foins et le reste, ça doit pas être beau. On verra demain. Des toits fichus. On a ouvert la mairie pour loger la Delon et la Margite, leur toit est en l'air et personne ne veut trop les prendre, dit Joseph.

— D'habitude, j'en connais qui s'battraient plutôt pour les prendre. À la mairie… Ça va faire jaser, et Cadet ajoute, mais pourquoi le curé a pas sonné la cloche pour faire ensauver l'aurisse, tu sais ? »

Naude baisse la tête :

« C'est moi. C'est moi qui ait défendu, ordre du préfet, c'est interdit, j'ai un papier du préfet à la mairie. Défendu.

— Mais à cause que ?…

— À cause, entre autres qu'il paraît qu'on est au vingtième siècle maint'nant…

— Et bin ! et y paraît que toi t'es un sacré bourri le Naude », ricane Cadet.

Naude baisse un peu plus la tête. Cadet radouci lui dit :

« T'es un bourri Naude. Mais porte pas peine va, ces bestiaux-là c'est quand même du brav'monde. Et pis maint'nant laissez-moi, je vais voir le paysage, c'est pas tous les jours qu'on a des pareils.

— Bin, t'y prends bien Cadet, nous on continue, on a pas vu tout le monde », dit Joseph.

Non, Cadet n'est pas gai du tout, mais il ne va pas se laisser aller, il a envie de pleurer comme un gamin devant ce désastre.

Dans la brume qui monte lentement, il reste encore de larges plaques blanches, des traînées grises de glace et de boue mêlées. Le silence, pas un seul chant d'oiseau. Et pas un seul brin d'herbe, ne tiennent debout que les tiges les plus dures des orties effeuillées et des fougères pliées.

Jusqu'en bas, champs ou pacages, tout est aplati ou haché. On fanera peu et on ne moissonnera pas longtemps cette année autour de Lanarce. Un vieux cerisier frappé par la foudre tient au sol par un moignon, tout le reste à terre, l'arbre exhibe à l'endroit de la cassure une chair pâle et déchirée sous la peau noire. Les choux déchiquetés, les poireaux lacérés. Les feuilles des raves et des pommes de terres n'existent plus. Tout le potager est haché. La grêle, les planches effondrées des clapiers ont massacré ses lapins, raides et trempés, peau et chair mêlées au bois, la dernière portée projetée au pied du mur.

Il se sent complètement vide, Cadet. Et comme à jeun, ce qui lui semble étrange à cette heure. Il n'a même pas le goût de boire un coup, juste envie de s'asseoir là, sur un tas de grêlons, d'attendre le jour, d'attendre que ça fonde et de fondre avec.

Demain il ramassera toute cette misère. Quand tout sera sec, il fera un feu. Un feu pas comme un figot de fête, non, comme un de ces bûchers des temps anciens où il voudrait mettre… mettre toute sa peine et la moitié du monde avec.

Jean est debout en face de Cadet, il pose la main sur l'épaule de l'homme, voit ses pieds et s'en amuse.

Ses sabots ne font pas la paire, l'un noir, fendu et tenu d'un fil de fer, l'autre de bois blanc, presque neuf mais trop grand. Avec tous les sabots dont on ne sait plus que faire dans la Montagne, Cadet n'en a pas trouvé deux en état.

Le chaton miaule sous la chemise de Jean, plante ses griffes dans la peau et le papier. Le garçon fait un petit signe d'au revoir et s'éloigne. On entend ses pas crisser sur les grêlons.

Cadet s'est relevé, revient vers la maison, marche vers le bourg. Sur la place les enfants jouent, se lancent des poignées de grêle. Porte et fenêtres grandes ouvertes, Génie nettoie, éponge ce qu'elle peut avec son balai de genêts et des vielles pêtas.

« Et où te vas cette co, bougre de grand écouena ? Faudra me réparer ces fenêtres et ce toit qu'est moitié par terre !

— J'reviens. »

XXIV

Feu de Saint-Jean

Au loin des éclairs rouges et secs dessinent par instant le cristal du Rez de Sol, les sommets arrondis des dômes d'Auvergne et des monts du Forez entre les pelotes de brume chaude tachées de cendre. Ici l'air sent la résine brûlée, la bruyère, l'herbe fraîche, et le plateau dénudé du haut du Montoncel s'allume d'une dizaine de feux. À la veille de la Saint-Jean toute la jeunesse célibataire du pays se retrouve autour des figots, bûchers cernés de mottes, montés depuis plusieurs jours sur l'herbe fauchée, avec du bois sec, des branches résineuses, des restes d'abattage tirés de la forêt qui plus bas entoure le mont.

Un peu à l'écart, regardant vers les Pierres du Jour et le Levant, quelques anciens de la tribu des Pions attendent, indifférents à cette flamboyante agitation. Ces chenus aux longues blouses blanches ont gravi lentement la pente depuis leur hameau, par les sentiers forestiers, pieds nus et s'appuyant sur une grosse canne de houx. Ils attendent comme chaque année de voir se lever et danser deux soleils comme le promet une vieille légende. Ce serait signe qu'ils ont retrouvé l'âme pure comme au temps de leur baptême et sont prêts pour le grand voyage, vers l'autre soleil.

Des jeunes se moquent, affirment que c'est avec la tête embuée par la piquette de leurs outres que les anciens verront leurs deux soleils.

Jean a retrouvé au Montoncel les garçons de Génie. Gilbert et Frédéric ont quelques jours de liberté, ils changeront de maîtres à la prochaine loue, la grande foire aux valets. Tiennon revenu de Roanne pour une semaine de chômage a une belle casquette de cuir mais les joues grises, ses taches rousses comme effacées. Il fait le fier, on le complimente de son nouvel état. Comment aurait-il le cœur de leur dire que non, il ne se sent pas très heureux en bas ?

« Gara te le sinliâr ! »

Jean se retourne, Vincent est là aussi. Jean a hésité à le reconnaître, c'est presque un monsieur maintenant, depuis ces années où il a été reçu premier du canton au certificat, il est loin le petit meunier coureur de bois. Et sérieux, avec des brayes comme neuves, une chemise qui sent le savon. C'est qu'il fréquente ! Pour de bon, et la famille de la belle possède une bonne partie des bonnes terres entre la Besbre et la lisière des bois de la Rousse.

« Avise Jeanni, là-bas, c'est elle, l'est bin atornée hein ? »

Au milieu d'un groupe, coiffée de paille enrubannée, elle fait signe à Vincent de la rejoindre, mais il s'attarde avec Jean, voudrait quelques confidences lui aussi.

« Et te, les gâtes ?… »

Il a vu les deux sabots que Jean tient sous son bras, ajoute :

« C'est pour laquelle ?

— Elle va venir.

— Faudrait nous visiter au moulin, y en a une autre qui t'espère, qui serait contente de te revoir, te devines qui ?

— ?

— La mula, tiens ! Elle finit plan son temps au pré, mais je suis sûr qu'elle te reconnaîtrait.

— Han ! han ! » se moque Jean, plus ému qu'il ne voudrait le montrer.

Après les gros travaux d'été, Vincent va partir faire son régiment à Roanne, mais aîné d'une veuve il ne restera que dix mois.

« Dommage qu'on soit pas conscrits, on aurait fait le temps ensemble, regrette Vincent.

— Soldat ? Moi je serai pas.

— Mais si Jeanni, même les Pions maintenant ils vont soldats.

— Pas moi Vincent, pas moi, pourront toujou me charchâ ! »

Assis dans l'herbe, mouchoir à carreaux calé sous le menton, un jeune violoneux tire une plainte lente de ses cordes, pour lui seul, pour son propre plaisir, ça ne durera pas, le violon ici est fait pour sonner et danser pas pour pleurer. Une mèche de cheveux blonds se balance en mesure sur le front du garçon. À genoux, une fille au chignon à demi-défait s'est penchée sur lui comme elle le ferait sur une source ou un berceau.

Garçons en bras de chemise et filles serrées dans leurs caracos ont d'autres soucis que leurs âmes, les flammes de la Saint-Jean mettent le feu aux joues et la chaleur aux jambes. Les cadets sont en liberté hors du regard des villages, c'est un temps de parades, un soir de fleuretages, de jeux aux limites du désir et du permis. Plus dans le geste et le regard que dans les mots toujours convenus, les promesses iront au bout de la vie ou pas plus loin qu'un lit de genêts. Mais on ne perd jamais tout à fait la tête. On sait très tôt que beauté ne remplit pas le saloir. La malice, le calcul restent aussi forts que les appétits, on connaît tout son monde et l'on ne braconnerait pas sans risque sur des chasses bien gardées.

Jean est aussi à l'aise qu'un petit canard dans une couvée de dindons.

Le violon pleure encore, encouragé par une voix claire, soutenu maintenant par un filet de cornemuse, rejoint par une vielle.

Jean reconnaît la douce et lente mélodie que lui chantait Fanie, elle qui là-bas au Mayet attend toujours son maçon.

« Oh véci la Saint-Jean, ma mia, ma cam'rada

Oh véci la Saint Jean, que nous faura quittâ… »

Fanie lui avait dit :

« C'est une chanson de bergères qui changent de maîtres et vont se quitter, une chanson de petites filles qui se répondent d'une colline à l'autre, des journées entières. Elle nous faisait monter les larmes ».

« T'en sauras-tu pas mau, ma mia, ma cam'rada

T'en sauras-tu pas mau, de nous veire quitta,

De nous veire n'alla ? »

« Tac-ka-pan ! » claquant ses sabots enfilés comme des mitaines, bras levés au-dessus de la tête, un gaillard en gilet rouge casse la complainte. *« Tapaka !… »* d'autres approuvent.

« Va pas se doulâ longtin ! On veut danser une sauteuse ! Pas larmoyer. »

Le violon et la cornemuse sonnent haut, tracent les figures de la danse dans la fumée que le vent rabat. La vielle fait battre les sabots.

Tiennon et le garçon au gilet rouge se font face, cambrés ils tournent en duel de coqs sans se frôler, coudes écartés, avant-bras levés, mais le talon ne sonne pas sur l'herbe. Tiennon danse mieux, plus sérieux, l'autre est plus souple, sait capter les regards, amuse la compagnie. Deux autres les rejoignent, puis le Jules Valas, Gisèle ne doit pas être loin.

Le feu renvoie les ombres. Cheveux noirs sous la coiffe blanche déchirée, une fille entre dans le rond, bras nus comme aux foins, jupon court sous la jupe gonflée et retroussée. Elle fait signe à Jean, il dit non de la tête. Elle danse à tout petits pas rapides, bras au corps et tout le corps dans la cadence, les mains ébauchent de petits gestes retenus. Elle danse tête penchée sur l'épaule, bouche grave gardant le souffle, mais regard bleu moqueur sous la paupière mi-close. C'est Marie, la fille de la Piate et du charbonnier, au bourg on ne lui parlerait pas, aux feux de la Saint-Jean on se dispute pour danser en face d'elle.

Dans ses vingt ans de vie, Marie n'a jamais porté de jupon neuf, n'a jamais dormi dans une maison de pierres. Elle fuit le monde, vit on ne sait où, mais dès qu'il y a de la musique quelque part on la voit venir, œil bleu, cheveux noirs. Marie n'aime que la danse. Avec son gros bâton, qui parfois lui sert à se défendre au bord des chemins, partout où il y a bal ou noce elle va, pieds nus. Et si le bal la moque, si la noce ne veut pas d'elle, Marie danse seule, bourrée ou polka, à l'écart.

Jean ne croyait plus voir Madeleine, la nuit est avancée lorsqu'elle arrive, le nez pointant au vent, poitrine gonflant le châle d'Espagne, encore essoufflée de la montée. Elle n'est pas seule, Jean s'était imaginé autre chose. Dans la petite compagnie qui l'entoure, il reconnaît un joufflu qui, la nuit du Mai, dans une ferme où les chanteurs étaient mal reçus, avait en représailles baissé sa culotte sur un carré de salades. Tout le monde s'était bien amusé de la farce. Le gros sait faire rire Madeleine, il la serre de près. Il porte un fouet à la ceinture pour bien montrer qu'il conduisait l'attelage.

Sans quitter sa petite coterie, Madeleine salue Jean, lui parle gentiment, mais comme une dame parlerait à un petit valet, une grande sœur à un jeune frère un peu simple. Il l'entend à peine. Ce soir elle le trouve encore bien jeune le Jean-Jean, bien petit pour être de sa cour, il manque d'allure comparé aux garçons qui l'accompagnent et tournent autour d'elle depuis qu'elle aide Mélie au café.

Un peu gêné par les regards des autres, par le ton et les mots de Madeleine, Jean baisse la tête lorsqu'il lui offre ses sabots vizelés. Madeleine l'embrasse, sur les deux joues, flattée de l'attention mais un peu déçue du présent.

Elle porte des bottines maintenant ! Des sabots, quelle idée ! Elle les regarde à peine aux lueurs du feu, juste le temps de remarquer qu'ils sont bizarrement ornés. Elle s'attendait à autre chose, une croix dorée par exemple, ou au moins quelque parure qui s'achète, Jean aurait bien pu puisqu'il a gagné des sous.

Mais elle se déchausse, comme par jeu les met à ses pieds.

« *Petites*
À deux mains prenez
La devantière
Cotillons troussés… » scande le meneur.

La musique ne s'arrêtera plus guère de la nuit. On s'aligne sur deux rangs, départs, rencontres, reculs et mouvements. On se croise, on s'accroche du coude ou par la taille pour se faire tourner. On s'applique comme à une cérémonie sérieuse, mais il est permis de s'embrasser quand couine le violon et sonne le didou de la cornemuse, car :

« *Bourrée*
En train de cesser
Toujours demande
Un cent de baisers ! » conclut le meneur.

Madeleine s'ébroue, elle danse avec les sabots neufs, croisant Jean un moment, trop maladroit. En l'évitant au dernier refrain elle bute contre une pierre. Les sabots l'encombrent, ils quittent trop facilement le pied. Elle les oublie dans l'herbe.

Jean hausse les épaules, ne veut pas être triste, il murmure pour lui-même que Madeleine est une femelle de coucou et court vers un feu qui s'éteint, saute par-dessus, se cache dans la nuit.

Les sabots de bal plaisent à Marie, la fille du charbonnier qui va toujours nu-pieds. Elle les ramasse discrètement, n'ose les chausser et les cache au profond d'un buisson de ronces.

Assis contre un rondin, poings serrés, tête entre les coudes et coudes entre les genoux, Jean ne sait plus s'il doit rire ou pleurer. Comme autrefois lorsqu'il n'était qu'un tout petit enfant, il voudrait à la fois partir et s'enfoncer dans le sol. Mais la roue de la vielle vient tourner dans sa tête, les chants du violon et de la cornemuse le prennent par les pieds, le soulèvent de terre, le mènent dans le rond. Il danse, avec les autres, longtemps.

Le ciel se couvre et le sommet touche le ciel. Plus s'abaissent les lueurs des feux, plus la musique semble monter, s'étendre. Dans une seule ombre mouvante ce ne sont plus Jean, Marie, Tiennon, Vincent ou Madeleine, ce ne sont plus des filles de Saint-Nicolas et des Noés, des gars d'Arcon et de Laprugne, des bergères de Ferrières et des scieurs de Lavoine, c'est toute la montagne qui danse dans la nuit.

Dans quelques heures le jour se lèvera sur ces montagnes rondes. Entre les bosses de granit et les sources vives, la digitale viendra après le genêt, la gentiane après l'ancolie, l'airelle après la fraise sauvage. On croit encore que rien ne change, que

l'hiver viendra toujours après l'été, le Mai après la neige, et tout le reste de même.

Mais les hommes ont passé sans retour le siècle, demain, dans un an ou dans cinq, un têtu petit chemin de fer tracera sa voie métrique sur cette montagne restée plus de mille ans sans route.

Sans l'attendre, des jeunes souvent, des familles parfois, partiront vers Roanne ou Vichy, vers la ville et la plaine. Il suffit de suivre la pente. Et bien longtemps plus tard, le petit train lui-même retourné à la rouille de l'oubli, personne ne se souviendra que La Montagne aux sabots dansait dans les nuages, les nuits de la Saint-Jean.

Table des matières

DANS LA MÊME COLLECTION

Les textes de la collection Terre de Poche nourrissent la mémoire collective à travers l'histoire d'une famille ou d'un village de nos régions, un récit de voyage, un document historique ou une chronique intime. Grâce à ces destins croisés, ces descriptions animées, ces analyses précises, le lecteur voit resurgir à chaque page ses souvenirs de jeunesse, la reconstitution de la vie de ses aïeux, des paysages contrastés : autant de témoignages précieux en ce début de siècle.

1 - *La Bête du Gévaudan*, François Fabre et Jean Richard.
2 - *Voyages avec un âne dans les Cévennes*, Robert Louis Stevenson.
3 - *Le Pain de Lamirand*, Jean Anglade.
5 - *La Montagne aux sabots*, Georges Rey.
6 - *La Dernière Estive*, Antonin Malroux.
7 - *Clémentine*, Jean-Louis Chantelauze.
8 - *Tintinou, paysan*, Justin Bourgeade.
9 - *Le Pain de cendre*, Paule Valette.
10 - *Le Retour de Rose*, Yveline Gimbert.
11 - *Le Troisième Prétendant*, Jean-Pierre Fournier la Touraille.
12 - *Les Porteurs de terre*, Jean Rosset.
13 - *Les Galoches rouges*, Paul Perrève.
14 - *La Meule éclatée*, Paule Valette.
15 - *La Tondue*, Marie de Palet.

16 - *Julien, berger des collines*, Julien Ventre.
17 - *Le Secret de Marie*, Jean Chauvigné.
18 - *La Roque-Basse*, Claude-Rose Touati.
19 - *Le Refus*, Christian Marcon.
20 - *Les Arbres de mai*, François Cognéras.
21 - *La Tuile à loups*, Jean-Marc Soyez.
22 - *Le Sentier aride*, Marie de Palet.
23 - *La Petite Fadette*, George Sand.
24 - *La Vallée des forges*, Joseph Gourgaud.
25 - *Antoinette, une vie de femme en 1900*, René Proriol.
26 - *La Demoiselle du presbytère*, Yvette Frontenac.
27 - *Jacquou le Croquant*, Eugène Le Roy.
28 - *La Belle Ouvrage*, Gérard Boutet.
29 - *Mémoires de femmes*, Gérard Boutet.
30 - *Saisons paysannes,* Gérard Boutet.
31 - *Les Encriers de porcelaine*, Jean-Paul Malaval.
32 - *Comme le scorpion sous la lauze*, René Évrard et Aimé Vielzeuf.
33 - *L'Étoile rousse*, Yvette Frontenac.
34 - *La Rosée blanche*, Jean-Paul Malaval.
35 - *Là où les chèvres sont pires que les loups*, Michel Verrier.
36 - *Adieu lou païs*, Micheline Boussuge.
37 - *Les Mains au dos,* Jean Anglade.
38 - *Le Destin des Vanbergh*, Gilberte-Louise Niquet.
39 - *L'Enfant oublié*, Marie de Palet.